Pedro Lenz

Der Keeper bin ich

Roman

Übersetzt aus dem Berner Dialekt von Raphael Urweider

bilgerverlag

1.

Angefangen hat es eigentlich viel früher. Geradeso gut kann ich aber auch behaupten, es hat an diesem einen Abend angefangen, ein paar Tage, nachdem ich aus Witz zurück war.

Ungefähr zehn, vielleicht halb elf. Spielt keine Rolle. Auf alle Fälle ein saukalter, beißender Wind. Schummertal. November. Und mein Herz so triefend schwer wie ein alter, feuchter Lappen.

Ich also ins Maison auf einen Kaffee mit Schuss.

Die Knastrente war schon verjubelt, ohne dass ich wusste, wo und wie. Ich also ohne Kohle damals, aber dringend einen Kaffee mit Schuss nötig, ein wenig Gesellschaft und ein paar Stimmen.

Wie gesagt, nichts in der Tasche außer ein paar Zigaretten und ein paar Münzen. Ein Engpass halt, aber ein ziemlich enger. Wartete auf was, das mir einer noch schuldete. Sag mal jemandem, wenn du gerade aus dem Loch raus bist, du hättest noch ziemlich Kohle zugute, doch seist du gerade nicht besonders flüssig. Das interessiert so keine Sau.

Eben, ich also ins Maison, bestelle einen Kaffee mit Schuss, da fragt mich die Regula, ob ich bezahlen könne.

Keine so schlechte Frage, zugegeben.

Mach keine Geschichten, Regi, sei so gut, bring ihn erst mal, so ich zu ihr, dann schauen wir weiter.

Bist ein ewiger Schwätzer, sagt sie und bringt ihn.

Hab's nicht getippt, sagt sie, und schaut mich so an, weiß auch nicht genau wie, anders als sonst, mit etwas mehr Sehnsucht in den Augen oder so ähnlich. Keine Ahnung, wie es anderen ergeht, aber mich wärmt so was bis ins Innerste, wenn mich eine Frau wie Regi so anschaut.

Danke, Regi, bist lieb. Bezahl's dir mit Beten zurück.

Ich solle aufhören mit den ewigen Sprüchen und mich vor allem nicht daran gewöhnen, sagt sie, weil wenn Pesche erfährt, dass ich diesen Kaffee Schnaps nicht getippt habe, gibt's ernsthafte Probleme. Ich wisse ja selbst, wie Pesche sein könne.

Die ist einfach eins A, die Regula, die muss man loben, die schaut zu unsereiner, sagt sich einfach mal, das tipp ich jetzt nicht, das merkt ja wahrscheinlich keiner, und der Wirt, der Pesche, merkt es eh als Letzter, und der Keeper hat so seinen Kaffee mit Schuss und Schluss.

Mir war ja schon lange klar, dass Regula ein großes Herz hat. Aber an jenem Abend hat sie angefangen, mir auch in anderen Belangen zu gefallen.

Das ist ja im Grunde extrem komisch: Da kennst du eine Frau seit Jahren und du denkst dir nicht viel, und plötzlich, mein Gott, plötzlich hat sie was. Ja, doch, plötzlich hat sie so was, so etwas, das dich nervös macht, plötzlich gefällt sie dir. Das soll begreifen, wer will. Ich hatte viele offene Fragen, ganz ehrlich. Aber an dem Abend interessierte mich mit einem Mal nur noch eine Frage brennend: Ist es wohl möglich, dass Regula und ich in diesem Leben einmal ein Paar werden?

Du Regula, so ich zu ihr, könnte ich dich um einen kleinen Gefallen bitten? Könntest du bis Montag einen Fünfziger entbehren? Weißt, ich hab noch ziemlich viel zugute, aber gegenwärtig nichts im Sack, ein Problem mit der imaginären Erfolgsrechnung, du verstehst, was ich meine.

Wieder schaut sie mich so an. Ich hätte mich wohl gar nicht verändert in Witzwil, sagt sie, und dass man nicht meinen könne, ich hätte fast ein Jahr dort verbracht, weil wenn man mir so zuhöre, sei ich noch immer haargenau der gleiche Schwadronierer wie früher.

Mach keine Geschichten, Regi. Davon hast du keine Ahnung. Du weißt nichts über mich und nichts über Witzwil. Und das ist auch besser so. Kannst froh sein. Und wegen der Kohle: Ich will nicht betteln, bei dir schon gar nicht, du entscheidest, entweder du hast einen Fünfziger oder wenn nicht, dann frag ich dich halt was anderes. Das wäre alles.

Sie hat mir dann den Fünfziger gegeben: gefaltet und kommentarlos in die Brusttasche gesteckt. Ich nahm ihre Hand, küsste die Innenseite ihres Arms und sagte, wenn du jetzt nicht arbeiten müsstest, würd ich dich glattweg mit nach Hause nehmen und in die Pfanne hauen, ich schwör's, Regi, ich würde dich glücklich machen.

Ich sei wirklich ein blöder Schwätzer, so sie zu mir und lacht ein wenig, und ich lach auch ein wenig. War gut, wieder mal zu lachen, wirklich gut. Hatte nicht viel zu lachen gehabt in der letzten Zeit, wirklich nicht.

Als der Schuss raus war aus dem Kaffee, ging ich rüber in den Spanier-Club, schauen, ob es noch was zu essen gäbe. Und tatsächlich gab es noch was, obwohl es schon spät war. Paco machte mir Fisch und wärmte Reis. Das war genau das Richtige.

Wo ich gewesen sei, wollte er wissen. Hätte mich schon eine Ewigkeit nicht mehr gesehen.

Galera, sagte ich, weißt du, Alcatraz, und deutete mit den Händen ein Gitter vor meinen Augen an.

Er schüttelte nur langsam seinen schweren Kopf und verzog die Mundwinkel. Darin sind sie gut, hier im Spanier-Club, sie wissen, wann nachfragen und wann besser nicht.

Du Paco, sag mal, hast du vielleicht mal Uli oder Marta gesehen? Nicht? Sind nie vorbeigekommen? Macht auch nichts. Ist übrigens gut, der Reis, tipptopp, doch, ihr kocht gut hier, wirklich.

Gracias, Quíper, sagte er. Quíper kommt aus dem Englischen und heißt dasselbe wie Torhüter, aber so, wie man in Spanien sagt. Danke, er leite es gerne in die Küche weiter, so er, und schenkt Wein nach, mit seiner großen, ruhigen Hand, die mich an die Hand meines Vaters erinnert, der zwar nicht immer der Einfachste gewesen war, aber manchmal auch so eine ruhige Hand hatte. Ich also roten Navarra im Glas, vom Guten. Obwohl, hätte ich wählen können, hätte ich lieber einen halben Löffel Braunes gehabt. Gleichzeitig wusste ich, dass das aufhören musste, dass ich einen endgültigen Strich darunter ziehen musste, unter das elende Gift und das ganze Lumpenzeugs. Ist doch logisch: Man kann doch nicht das ganze Leben lang diesem Kick hinterherrennen, das ganze Leben lang nur warten, bis es wieder Splash macht in der Birne und dir die Wärme mitten im Winter wie ein heißer Sommerwind durch die Venen bläst.

Dann hast du Uli also nicht gesehen? Bin auf der Suche nach ihm, muss ihn was fragen, was Wichtiges.

Nein, sagt Paco, nein, er habe ihn schon lange nicht mehr gesehen, wohl länger als eine Woche. Der arme Uli. Habe wohl Probleme.

Der Uli ist ein Depp, tut mir leid. Das sagte ich nicht zu Paco, das ist eine Sache zwischen mir und mir, das muss ich keinem verraten, nicht einmal dem Uli selbst. Doch es nervt, du kannst mit dem blöden Arsch nie etwas verbindlich abmachen. Nie, niemals!

Gut, er hat mir diese Wohnung organisiert, das muss gesagt sein, meine Loge hab ich wegen ihm, weil sein Vater Beziehungen hat zu dieser Verwaltung oder zu wem oder was auch immer.

Aber, sorry, die Bude gehört nicht Uli, ich bezahle Miete, ich meine, danke, Uli, vielen Dank, vielen herzlichen Dank, tausend Dank, aber das hat nichts mit dem Business zwischen uns zu tun. Wenn du einem Freund versprochen hast, du hättest ihm bis dann und dann die Knete, die du ihm noch schwach bist, dann hast du sie auch bis dann und dann, oder aber du meldest dich, rufst an, schreibst ein paar Zeilen, lässt was ausrichten, ich weiß auch nicht, irgendwas, aber verschwindest doch nicht einfach von der Bildfläche.

Ich schaute auf die Uhr, die oben an der Wand neben dem vergilbten Real-Madrid-Wimpel hing, an demselben Balken, an dem auch die Leuchtstoffröhren angebracht sind. Schon halb zwölf. Noch einen Veterano, dann nach Hause, dachte ich. Dreckswetter. Gib mir einen Brandy, Paco, gut eingeschenkt, ich bitte darum, es ist wieder kalt draußen.

Komisch, waren an einem Freitag beim Spanier nicht mehr Leute. Ein paar Junge am Tischfußball, ein paar Alte am Schwatzen, das war's. Und ich am Warten. Auf irgendwas.

Alter, mach was, jetzt musst du was tun!, sagte ich mir. Und bestellte noch einen Brandy. War froh um Regulas Fünfziger. Man ist ein anderer Mensch, wenn man was im Portemonnaie hat. Aber wenn ich nicht bald den Uli finde, dachte ich, muss sich Regula noch etwas gedulden, bis sie was zurückkriegt.

Als ich so an Regula herumdachte, kamen mir plötzlich die Tränen. Weiß selbst nicht warum, sehr peinlich, alleine an einem Tisch, und die Tränen kullern dir runter.

Feierabend, Keeper!

Pacos Frau. Wenn es drauf ankommt, dann ist sie es, die nach dem Rechten schaut. Paco ist zu weich, der kann nicht Sperrstunde machen, bringt's nicht über die Lippen. Sie schon.

Also rieb ich mir die Augen, als hätte ich eine Entzündung, bezahlte und ging, in Richtung nach Hause. Wählte jedoch nicht den direktesten Weg, nein, wollte noch mal schnell beim Maison vorbei, schauen, ob Regula nicht auch gleich Feierabend macht. Ich rauche also im Hof noch eine, mit Blick auf die Hintertür, weil ich dachte, dass sie da rauskommt. Es war ja auch noch Licht in der Kneipe. Wäre schön, sie noch kurz zu sehen, dachte ich. Stand im Dunkeln unter dem Vordach. Von der Straße her war ich nicht zu sehen, vom Parkplatz aus zum Glück auch nicht. Buddy wartete auch auf sie. Buddy saß in seiner Karre, Buddy war ihr Typ, offiziell. Buddy holte Regula von der Arbeit ab, weil er diese Funktion innehatte, weil man das so macht, wenn man eine Freundin hat, die bedient, und man sicher sein will, dass sie sicher nach Hause kommt. Vor allem, wenn sie an so einem Ort wie dem Maison arbeitet, wo Gemeingefährliche wie ich verkehren und Gott behüte noch Schlimmere.

Gratuliere, Buddy, hast alles unter Kontrolle, Buddy, kontrollierst die Karre, kontrollierst deine Freundin, kontrollierst deine Frisur, Buddy, kontrollierst den Blutdruck, bist der Chef, Buddy, hundert Pro, der Champion, Buddy, sie ist die deine, du hast es im Griff, hast sie im Griff, bravo, bravo, bravo, Buddy, du Warmduscher, dann spuckte ich erst mal auf den Boden.

Ich hatte nichts, dort und damals, keinen Anspruch, keine Chance, kein Geld, nichts. Wollte nur zufällig vorbeischlendern, wenn sie rauskommt, und sagen: Schau an, die Regula! Bist auch auf dem Nachhauseweg? Wo musst du hin, Regi? Komm, ich begleite dich. Nein, ist doch kein Umweg für mich, stell dir vor, nein, wirklich, es macht mir nichts aus. Wollte eh da lang.

Auf dem Weg hätte ich dann etwas mysteriös geschwiegen. Das kommt meist gut an. Gerade wenn eine den ganzen Tag bedienen muss, solltest du ihr um halb ein Uhr morgens nicht auch noch die Birne füllen. Dann musst du schweigen können, zuhören, wenn sie etwas erzählt, und auch wenn sie nichts erzählt. Und dann später, vor ihrer Wohnung, kurze Umarmung und Küsschen auf die Wangen, und beim letzten Küsschen eine halbe Sekunde länger, nur ein wenig länger als normal. Dann weg. Dann umdrehen und noch kurz zurückwinken.

Das hätte ich gemacht, so dass sie hätte denken können, das ist aber ein sauberer Junge, dieser Keeper. War gerade eben ein Jahr lang im Knast und hat keine Kohle, dafür aber hat er Stil. Warum hat er beim Abschiedskuss gezögert? Ich glaube, er hat etwas gezögert beim letzten Kuss. Als hätte er noch länger küssen wollen. Oder etwa nicht?

Genau solcher Art Gedanken müsste man einer wie der Regula mit auf den Weg geben. Das wären Gedanken, an denen sie noch eine Weile Freude hätte.

Doch waren dies meine Gedanken. Und vorne im Schatten saß Buddy in seiner aufgetakelten Celica, das Soundsystem ziemlich aufgedreht, wie wahrscheinlich auch die Heizung. Und ich fror mir hier alleine an dieser zugigen Ecke einen ab wie ein krankes Kalb im Winter, nutzlos und ohne Musik.

Hey Keeper, was läuft? Was machste noch hier? Wartest du auf eine Lungenentzündung?, sagte ich zu mir selbst und ging, wie immer alleine, nach Hause.

2.

Regula ist nicht die Einzige, die es weiß. Ich saß für eine Weile in Witzwil, Vollpension, und ja, es war wegen Giftgeschichten. Bin nicht der Erste. Eine Kleinigkeit. Ein Zwischentief. Dumm gelaufen. Das ist alles. Keine Ausreden. Hab Mist gebaut. Ein paar haben zu viel gewusst und ein paar von diesen wiederum haben zu viel geredet. Es hat mich verarscht, und so bin ich reingekommen. Ich habe meine Zeit abgesessen. Hab alles auf mich genommen. Keinen einzigen Namen ausgepackt, das ist nicht nichts, wenn man es genau betrachtet. Und jetzt ist es vorbei. Sorry. Mehr gibt es zu dieser Geschichte nicht zu sagen, jedenfalls jetzt noch nicht. Das Einzige, was ich vielleicht noch anfügen sollte, ist höchstens, dass ich immer alles selber gemacht habe. Ich meine, habe mir immer alles, was ich benötigte, selbst besorgt, auswärts. Ich war nie in größere Giftgeschichten verwickelt. Wollte mit dieser seltsamen Schummertaler Dealerszene nie viel zu tun haben, wo jeder jeden kennt und keiner keinem was gönnt, außer vielleicht eine Grippe oder einen Hautausschlag. So habe ich es alleine durchgezogen, bis auf dies eine Mal, wo es mich dann auch erwischt hat.

Jetzt versuche ich wieder auf die Beine zu kommen, wieder Fuß zu fassen. Such mir einen Job, was Regelmäßiges. Eine Wohnung hab ich schon gefunden, also nicht ich, sondern Uli oder genauer, sein Vater. Ist nicht schlecht, zwei Zimmer, Zentralheizung,

Badewanne, eigentlich sehr gut. Und jetzt brauch ich unbedingt einen Job. Sonst kommt es wieder so raus, wie es nicht sollte.

Klar, ich könnte auch jetzt jederzeit etwas organisieren, hier und dort ein paar Geschichten erzählen, diesen oder jenen anquatschen, ein paar Anrufe machen, was reinziehen, was rauslassen, ein wenig die Augen und Ohren offen halten, wäre alles kein Problem. Ich bin ein kommunikativer Typ. Ich hab die Ökonomie mehr oder weniger begriffen, und vor allem: Ich kenne jeden, restlos alle und zwar inner- und außerhalb von Schummertal. Das Problem ist nur, dass ich das schon kenne. Das will ich nicht mehr, will einen gewöhnlichen Job, Monatsende die Kohle auf dem Konto und Jahresende eine Gratifikation oder einen Dreizehnten und vielen Dank, Keeper, Ende Schluss.

Und Regula. Die hätte ich auch gerne. Manchmal, in der letzten Zeit, wenn ich alleine zu Hause rumhänge, denk ich an Regula, überlege, was ich zu ihr sagen würde und vor allem, was nicht. Dann stelle ich mir vor, was sie sagen, was sie machen und was sie denken würde, und dann finde ich, es wäre richtig. Wirklich seltsam. Da kennt man sich schon so lange. Und erst, seit ich aus Witzwil zurück bin, denke ich an sie, oder genauer, seit diesem Abend, als sie mir den Fünfziger geborgt hat. Wirklich seltsam. Soll einer begreifen.

Studiere gerade wieder mal an diesem Thema herum, früher Nachmittag, klopft jemand wie blöd an die Türe, und das, obwohl es eine fehlerfrei funktionierende Klingel hat. Keeper! Bist du zu Hause? Mach bitte mal auf, ich bin's, Uli!

Komm rein, du Mütze, es ist offen. Aber mach gleich wieder hinter dir zu, es kommt Kälte rein, verdammt. Hab ja schon nicht mehr daran geglaubt, dass du dich jemals noch blicken lassen würdest. Willst du ein Bierchen, Uli, oder soll ich dir einen Kaffee machen?

Er schaut nicht optimal aus, der Uli, muss ich leider sagen, sieht eher krank aus, extrem krank, um ganz präzis zu sein. Was ist los, Uli? Bist du reif, hat's dich am Arsch? Hast du die Gelbe?

Ich solle einfach die Schnauze halten, so er.

Also hast du sie!

Nein, ne kleine Erkältung, das ist alles.

Das ist doch keine Erkältung! Glaubst du ja selber nicht. Zuerst bist du verdammt noch mal nirgendwo zu finden und dann kommst du so hier an. Solltest dich sehen. Schau mal in einen Spiegel. Schaust aus wie ein alter Bergkäse. Ich will nicht, dass du rumhängst, wenn du die Gelbe hast. Das ist suboptimal. Geh zu einem Arzt, ich kenne einen, einen Anständigen. Tu was. Kannst ihn gleich anrufen, den Wydenmeyer, der nimmt dich vielleicht noch heute dran, wenn es sein muss, ist ein guter Arzt und ein guter Typ, nicht so ein Moralist wie die meisten. Wenn du willst, ruf ich ihn an.

Aber er wieder, nein, ich solle nicht durchdrehen, er habe nichts, sei fit, wolle nur schnell mal hallo sagen, habe mir den Umschlag mitgebracht, es tue ihm leid, es habe ein wenig länger gedauert. Und er sei froh, sagt er noch, dass wir endlich einen Strich darunter ziehen könnten.

Den Strich ziehe ich, Uli, den Strich habe ich gezogen. Und

wenn du die Kohle hast, ist das umso besser, aber denk daran, dass ich den Strich gezogen habe.

O.k. Schau, ich lege ihn dir hier zu den Bananen, nicht dass du dann rumheulst, du findest ihn nicht. Und zähl nach, Keeper, zähl bitte nach.

Kein Problem, ich zähle dann später nach.

Es ist eine Menge Geld, Keeper, und es gehört alles dir, es ist wirklich viel.

Fast ein Jahr Witzwil ist auch nicht wenig, Uli.

Und dann plötzlich, nach einer Weile, ob ich nicht ein bisschen Stoff hätte. Nur ganz wenig. Nur ein halbes Briefchen oder so, weißt du, nur so ein Restchen, was, das vielleicht mal liegengeblieben ist. Merke nämlich, dass ich langsam einen Affen schiebe oder, besser, ziemlich schnell.

Uli, wie oft muss ich es dir noch sagen! Glaub mir endlich, ich hab aufgehört, es ist Schluss. Kannst meine ganze Bude auf den Kopf stellen, du findest nichts. Die Wohnung ist sauberer als ein Kinderzimmer. Es ist vorbei, ich sag's dir. Ich hab mit diesen Geschichten nichts mehr am Hut. Definitiv. Ich hab ein Jahr gesessen, Uli, das reicht, weißt du, was ich meine? Ich bin in einem neuen Film, das andere ist gegessen und aufgeraucht. Ich such mir einen Job und leg was beiseite. Dann mach ich mal Urlaub. Am Mittelmeer oder so. Nichts anderes mehr. Ganz normal am Morgen raus, am Abend einen Becher oder zwei, eine Runde durchs Dorf und dann beizeiten in die Heia, kein Stress, kein Geschwafel und nichts. Und nie mehr auf so verlogene Quasselstrippen warten, wie ich eine gewesen bin. Und wenn ich auf der Straße einen

Fahnder sehe, kann ich ihm in die Augen schauen und ihn schön freundlich grüßen, und wenn er dann zurückschaut, kann ich mir denken, schau nur, schau nur, du buckeliger Rattenfänger, schau mich nur an, du Milchbubi, ich bin sauberer als sauber, sauberer als du und als all die anderen.

Ja, das ist erste Sahne, bravo, Keeper, eine nette Frau, einen Kindersitz im Wagen, ein Reihenhäuschen in der Agglo, eine Saisonkarte im Fitnesscenter, so er, und dass ich ja wohl selbst nicht daran glaube. Wer meinst du eigentlich, wer du bist? Glaubst wohl, du seist der neue Mensch, der Paulus vor Damaskus oder so was. Komm mal runter. Und außerdem bist du ja immer der Erste, der scharf wird, wenn jemand das Besteck hervornimmt.

Das bringt er ab und zu, der Uli, das mit dem Paulus vor Damaskus. Der Typ hat's ziemlich drauf mit der Bibel, weil er mal Griechisch und Latein und so im Gymnasium und auch Theologie studieren wollte oder auch mal studiert hat. Und jetzt also wieder mal der Paulus vor Damaskus. Und bei all dem Geseier so einen kranken, glänzenden Schweißfilm im Gesicht, der Uli.

Komm, sag, sag's, Keeper, sag es mir einfach! Wer glaubst du, dass du bist, und wer glaubst du, könntest du sein?

Ich glaube gar nichts, Uli, aber ich muss aufhören mit dem Gift, weil ich noch ein paar Pläne hab mit dem Leben.

Keeper, du redest schon fast wie mein Alter. Hör schon auf und gib mir irgendwas.

Ich gab ihm ein Fläschchen Resyl plus und eine Schere, damit er den Tropfenzähler besser wegkriegt. Als er es offen hatte, putzte er das ganze Fläschchen in einem Schluck weg, und ich hielt ihm einen Löffel Honig hin, wegen dem Geschmack im Mund, und sag: Ich glaube nichts, Uli, ehrlich nicht. Von meiner Seite her ist alles bestens. Mach doch, was du willst. Macht doch alle, was ihr wollt. Ich rede nur für mich. Verstehst du? Ich bin nicht bei der Zeltmission. Sage dies alles nur wegen mir selbst. Ich bin raus, und das hat lange genug gedauert, kann ich dir sagen. Und jetzt hab ich keine Lust mehr, davon zu labern, weil das ist nämlich gerade das Nächste, was mich am Gift extrem nervt, dass alle, die drauf sind, immer nur vom Gift faseln. Und jetzt ruf doch bitte diesen Arzt an. Schaust schon aus wie ein richtiger Zombie, da kriegt man es ja mit der Angst zu tun.

Du, sag mal, warum machst du nicht etwas Mucke an, Keeper?

In diesen Dingen ist er gut, der Uli, muss ich zugeben, war er schon immer gut, kann das Thema wechseln, bevor man einen Streit anfängt. Macht er immer so. Also lege ich die Stones auf und hole endlich zwei kleine Bier.

Wo suchst du? Job, meine ich. Muss es was Bestimmtes sein? Oder temporär?

Nein, so ich, ist mir fast egal. Vielleicht nicht gerade auf dem Bau, jetzt, da es Winter wird, aber sonst ist es mir egal.

Er könne sonst mal seinen Alten fragen, so er.

Ich weiß nicht, ob ich das will. Der hat mir doch schon die Wohnung besorgt, weißt du, sonst läuft plötzlich mein ganzes Leben über deinen Vater ab.

Aber Uli sagt, hör doch auf! Der kennt doch Leute aus einem guten Grund. Schuldest ihm ja nichts. Ihm fällt das leicht. Er hat

Beziehungen. Ihm macht es Freude, was vermitteln zu können, kennst ihn doch. Er hilft gerne. Denk mal darüber nach.

Ich: Okay, Uli, okay, okay, wenn ich dazu komme, denk ich vielleicht darüber nach. Und falls ich was brauche, ruf ich an.

Ich lüftete kurz die Wohnung durch und fragte, was er noch vorhat. Hast du den Wagen mit? Wir könnten nach Melchnau fahren, schauen, ob Edith zu Hause ist, ein wenig würfeln oder so. Die würde sich bestimmt freuen, uns mal wiederzusehen.

Nein, so er, er müsse weiter, müsse schauen, dass er was besorgen könne.

Das ist jetzt eben genau das Thema. Ich sag's ja schon die ganze Zeit. Kannst nix Normales tun, wenn du drauf bist. Kannst nicht einfach mal sagen, so, klar, gehen wir mal hierhin oder dorthin, nehmen was zu essen mit, ein wenig Roten und machen uns einen schönen Abend, kochen was Nettes und quatschen ein bisschen von früher oder so und haben es gut. Kannst nie denken, so, jetzt haben wir Spaß am Zusammensein und kucken einen Film oder machen ein Würfelspiel oder nehmen die Gitarre und singen noch was von dem Bob-Dylan-Zeugs oder Hannes Wader oder sonst so was, das einen so schön traurig macht. Nein, kannst du alles nicht, musst immer deinem elenden Flash nachrennen. Ist doch wahr.

Jedenfalls wurde nichts aus dem Ausflug nach Melchnau.

Ich hab's bedauert, und der Uli ist gegangen.

Sag Marta einen Gruß und geh endlich zum Arzt, rief ich ihm noch nach, doch das hörte er schon nicht mehr, weil da war er schon auf der anderen Seite des Bahnüberganges.

Ich räumte die Küche auf, checkte den Umschlag: Fünftausend. Den ganzen Betrag auf einmal. Hat schön ausgeschaut, alles Hunderterscheine, so wie es sein sollte. Danke, Uli, dachte ich und ging dann ins Dorf, mal was zu essen kaufen, Putzzeug fürs Bad und ein paar Flaschen Wein, vom Guten, sicherheitshalber.

Und nein, Rabattmarken nehme ich keine. Und Ihnen auch einen schönen Abend. Und Ihnen auch vielen Dank, Frau Zürcher. Und danke, ich werde es gerne bestellen. Und klar denke ich daran. Und danke schön, tschüss, vielen Dank.

3.

Am nächsten Mittwoch ruft mich frühmorgens einer von einer Versicherung an. Weckt mich um neun. Toll. Hausrat und Haftpflicht oder so was, käme gerne mal vorbei, mit einer Offerte, unverbindlich.

Hab ich irgendwann mal eine Offerte verlangt? Hey, hallo, hat irgendwer gesagt, ich brauche irgendeine Offerte? Kann mich nicht erinnern, sorry, das wüsste ich doch, ich weiß doch, von wem ich was verlangt hab. Und außerdem, aber da könne er nicht viel dafür, sei ich gerade nicht so gut drauf.

Hat sich entschuldigt und aufgelegt. Gut. O.k. Ist ja egal. Selber Entschuldigung. Weiß auch nicht, warum ich so aggressiv reagiert hab.

Im Grunde genommen hätte ich jetzt ins Maison gehen können, um Zeitung zu lesen und zu schauen, ob Regula arbeitet. Ich bin nicht gegangen, werde auch nicht gehen. Das bringt nichts. Regula ist mit Buddy zusammen und Buddy mit ihr und die beiden haben es vermutlich gut miteinander und mich braucht's nicht in diesem Heimatfilm. Ich mach mich doch nur lächerlich, wenn ich eine anbaggere, die schon so gut wie verheiratet ist.

Andererseits könnte ich es ja vielleicht doch versuchen. Vielleicht ist ihr dieser Buddy ja schon längst verleidet, mit seiner aufgemotzten Celica, seinem unmöglichen Musikgeschmack und dieser dämlichen Fresse. Doch wäre dies der Fall, muss ja nicht unbedingt ich derjenige sein, der sie darauf aufmerksam macht. Nee. Wenn sie den Buddy in die Wüste schicken will, soll sie selber draufkommen. Das wäre das Beste. Jedenfalls für mich.

Ich ging für eine halbe Ewigkeit in meiner Bude auf und ab. Die Nerven, verdammt, die Nerven. Ich bin im Knast nur noch nervöser geworden. Die Nerven sind mein Schwachpunkt. Nervosität ist das Oberschlimmste. Da kannst du rauchen, so viel du willst, wenn dich die Nerven so richtig plagen, nützen keine Zigarette und kein Joint der Welt.

Wie spät ist es? Halb zehn vorbei. Verdammt. Muss endlich einen Job finden. Muss mal in den Anzeiger schauen, die Stelleninserate studieren. Wo hab ich nur den Anzeiger hingelegt? Im Maison haben sie den Anzeiger auch. Im Maison haben sie Kaffee. Im Maison ginge es mir besser.

Schau nur, Regula, wie ich auf das Maison zugehe, ich brauche zehn Minuten von meiner Wohnung bis ins Maison, jetzt nur noch zwei. Hör zu, Regula, es hat nichts mit dir zu tun, wirklich nicht. Nein, es geht mir nur um den Anzeiger. Schau mich an. Ich bin der Keeper, ich bin der, der neu anfängt. Sobald du mich ins Maison reingehen siehst, musst du dir einfach denken: Aha, er sucht einen Job und kommt hierher, um den Anzeiger zu lesen. Er ist nicht mehr der Keeper von früher. Er ist anders geworden. Er ist der Paulus vor Damaskus. Er ist vom Pferd gefallen, und jetzt sind ihm die Augen aufgegangen. Es geht ihm nicht um mich. Es geht ihm nicht um irgendein komisches Business. Er will sich kein Geld leihen. Er will nur einen Kaffee und einen

Anzeiger und möglichst bald einen anständigen Job und sonst gar nichts.

Tag zusammen.

Tag Keeper.

Das ist Paule, der Postbote. Der sitzt jeden Tag fast eine Stunde hier und macht Pause. Die anderen grüßen nicht, wenn sie nicht müssen. Entschuldigung, doch wann musst du grüßen? Wann, wenn nicht dann, wenn einer reinkommt und alle grüßt? Elende verknöcherte Krüppel überall in diesem Kaff. Auch egal. Ich nehm den Anzeiger. Pesche ist alleine im Service. Pesche ist der Chef. Ihm gehört das Maison. Einen Kaffee mit Sahne, aber bitte ohne Sahne und einen Nussgipfel. Und sag mal, Pesche, ist die Regula heute nicht da?

Kommt am Nachmittag, warum?

Was geht, Pesche, darf man nicht fragen?

Hab ja nichts gesagt, hab nur gesagt, sie kommt erst am Nachmittag.

Ja, aber könntest es ja vielleicht auch normal sagen, ich meine freundlich.

Was haste jetzt schon wieder, Keeper? Hab ich es nicht normal genug gesagt? Kommst du nun in meine Kneipe, um mir zu erklären, auf welche Art ich dir sagen soll, wer gerade da ist und wer nicht? Wenn ich du wäre, würde ich mich etwas runterkühlen, mit deiner Vorgeschichte.

Sorry. Hast ja recht. Bin mit dem falschen Fuß aufgestanden heute, sorry, Entschuldigung. Gib mir bitte Kleingeld für Zigaretten.

Mit Pesche ist es heikel. Er kommt einem oft schlecht gelaunt vorbei. Kommst du ihm aber auch mal so, wird er sofort giftig. Das braucht nicht viel. Und das ist das Letzte, was ich jetzt brauchen kann, Streit im Maison. Also sag ich, danke, Pesche, danke, ich bezahle auch gleich, stimmt so, doch, schon recht, danke dir, und sorry, o.k.?

Voilà. Ein Kaffee mit Sahne ohne. Nussrollen hat es keine mehr. Zum Wohl.

So, die Nussgipfel sind ausgegangen, so, so. Die Leute haben wohl einen Riesenhunger in diesem Kaff.

Ich bin doch ein Idiot. Ich hätte nicht hierherkommen sollen. Im Anzeiger steht auch nichts. Jedenfalls nichts Rechtes. Vielleicht sollte ich wieder zum alten Beruf zurück. Oder gehen, genau, vielleicht sollte ich einfach gehen, woanders hin, wo hin, wo mich keiner kennt.

Stimmt das, Keeper, du bist in Witzwil gewesen? (Das ist wieder Paule, der Postbote.)

Wie lange machste schon Pause, Paule? Solltest endlich bezahlen und losfahren, sonst kommst du plötzlich in den Knast, wegen auffälliger Faulheit und dummem Rumfragen. Wärest nicht der Erste. Und dort könntest du dann vielleicht die Post übernehmen, Anstaltspostbote, das ist ein ziemlich beliebter Posten. Aber da müsstest du dich dann natürlich auf die Hinterbeine stellen.

Jetzt lachen ein paar. Grüßen tun sie nicht, aber gibst du ihnen was zu lachen, nehmen sie es. Ich hätte die Schnauze halten sollen. Der Postbote ist kein schlechter Zeitgenosse. Jedenfalls nicht schlechter als die anderen Deppen hier drin. Und im Grunde genommen ist es immer falsch, die zum Lachen zu bringen, die keine Ahnung haben. Es tut mir leid wegen dem Postboten, wegen mir, wegen mir tut es mir leid, wegen der Situation und weil ich so weit bin, es nötig zu haben, anhand einer so traurigen Figur wie diesem Postboten zu beweisen, dass ich noch richtig ticke im Kopf oben.

Kaum zu Hause, ruft mich Ulis Vater an.

Guten Tag, Herr Sutter.

Wie es mir gehe, fragt Sutter.

Gut, sag ich, danke, und selber.

Auch gut, danke.

Und dann, nachdem wir beide für einen Moment gar nichts mehr sagen, sagt er, er habe gehört, ich hätte eine schwierige Zeit hinter mir.

Ja, das stimmt, es war nicht einfach. Doch jetzt geht's wieder aufwärts. Und danke, die Wohnung ist übrigens wirklich toll.

Nichts zu danken. Er habe auch gehört, ich suche was. Er hätte da was für mich. In der Druckerei Maag. Spedition. Sei zwar nur vorübergehend. Etwa sechs Monate. Eine Stellvertretung. Doch immerhin. Ich hätte doch einen Führerschein? Oder etwa nicht? Er gebe mir die Nummer, wo ich mich melden solle.

Danke, ich denke darüber nach. Wie lange, haben Sie gesagt?

Sechs Monate. Aber fragen Sie doch selbst noch mal nach. Ich glaube, sechs Monate.

Danke.

Gern geschehen.

Dann wieder eine Pause. Und dann – das musste ja kommen – so ein verlegenes Husten und dann, haben Sie eigentlich noch regelmäßigen Kontakt zu unserem Uli?

Ab und zu.

Ich mach mir nämlich Sorgen.

Wirklich?

Er hat sich verändert. Ich habe das Gefühl, es werde immer schlimmer. Er hat fast keine Freunde mehr und meldet sich nur noch bei uns, wenn er Geld braucht. Aber in der letzten Zeit will er nicht einmal mehr Geld.

Mmhm.

Ich wäre froh, wenn Sie ab und zu etwas mit ihm unternehmen könnten. Soviel ich weiß, sind Sie und Marta die Einzigen, die ihm von früher her noch geblieben sind. Machen Sie doch mal was ab mit ihm, es würde ihm guttun.

Ich schau mal. Und danke wegen dem Job.

Ich begreif ihn nicht, Ulis Papa. Hat wohl ernsthaft das Gefühl, ich sei ein guter Umgang für seinen kaputten Sohn. Gut, im Vergleich zu den himmeltraurigen Milchbubis, die sonst mit ihm rumhängen, bin ich vielleicht nicht der Schlechteste. Es ist eben fast alles eine Frage der Optik. Verdammt noch mal.

Es stimmt, wir sind zusammen aufgewachsen, Uli und ich. Primarschule Lochfeld, Unterstufe. Häuschengrube. Hofwald. Die Mondlandung. Danach die Siebziger. Ein alter Plattenspieler im Keller. Zuerst für die Märchenplatten, dann schon bald für den

Rock'n'Roll. Status Quo. Und dann die Hendrix- und Joplin-Sachen, die der ältere Bruder vom Nachbarsjungen aus Zürich mitgebracht hatte. Ein paar Poster mit langhaarigen Hobbyrockern. Und eine Galerie voller Götter aus dem Schwarzweißfernseher. David Cassidy, Günter Netzer und die WM 74, als er nur Ersatz war, der Netzer. Und Uli immer Kapitän, wenn wir Fußball spielten, gegen die Itaker vom Gaswerk-Weg. Itaker durfte man natürlich nicht sagen, aber waren wir unter uns, sagten wir es trotzdem. Vor ein paar hatte ich Angst, weil sie schon so was wie Flaum im Gesicht hatten und so ernst aus der Wäsche kuckten. Ich wusste damals nicht, was es war, aber ich spürte wohl, dass sie uns ein wenig verachteten, weil wir fast nie um etwas kämpfen mussten. Weil wir Schweizer waren, verwöhnt und weich. Außerdem sprachen die Itaker unter sich Italienisch, und du konntest nie wissen, wovon gerade die Rede war. Ich sag's ja, es war nicht immer einfach. Aber spielten wir Fußball, vergaß ich die Angst. Ein Spiel ist ein Spiel. Da muss sich keiner fürchten.

Na ja, gut, ich denke darüber nach. Ich denke an unsere Kindheit und ich denke an unsere Jugendzeit und ich höre nicht auf zu denken. Uli und ich, zusammen Fußball gespielt, zusammen aufgewachsen, zusammen mit dem Rauchen angefangen, Zeugs ausprobiert, zusammen mit Gift angefangen. O.k. Also. Ich denke ein wenig nach und ich weiß nur eines: Jetzt nur keinen Scheiß, nimm dich zusammen, Keeper, jetzt nur keinen falschen Fehler machen. Lass dir ein heißes Bad ein, lies ein Buch, rauch eine Zigarette, mach Tee, mach irgendwas, doch mach keinen Scheiß.

Weißt du, du kannst das verdammte Zeugs schon lange

draußen haben, ich meine körperlich, aber in der Birne oben hast du es immer noch, in der Birne hast du es immer. Immer.

Wie dem auch sei. Ich gehe zu der Druckerei Maag, sag am Empfang, ich hätte mir sagen lassen, sie suchten jemanden für die Spedition. Die Frau dort sagt, ich solle warten. Ich warte. So ein Typ taucht auf, um die fünfzig, den ich vorher noch nie gesehen habe, ist wohl nicht von hier. Schaut aus wie so ein Halbchef, jedenfalls nicht wie ein hoher Chef, mehr wie einer von halb oben, wegen seinem Outfit, billiges Hemd, billige Krawatte und so, alles ein wenig pseudo. Sieht aus, als würde ihm seine Frau alle paar Jahre die Kleider in so einem blöden Katalog aussuchen.

Er heiße so und so, und ich solle doch Platz nehmen. Dabei saß ich bereits. Doch vielleicht hat er es nur ironisch gemeint, weil ich nicht aufgestanden bin, als er mir die Hand hinstreckte.

Hab mich vorgestellt, sag, der Papa vom Uli habe mir gesagt und so weiter.

Schaut mich an, fragt mich, ob ich Referenzen hätte. Hab ich natürlich nicht, jedenfalls nicht einfach so. Er könne den Sutter anrufen, Ulis Vater. Er habe mir den Tipp gegeben.

Ob ich arbeitslos sei.

Im Moment ja. Aber noch nicht so lange.

Ob ich einen gültigen Führerschein hätte.

Jawohl, das hätte ich. – Und lege meine Papiere auf den Tisch.

Ob ich auch schon in einer Spedition gearbeitet hätte.

Ja, klar, als Ferienjob, in der Spedition einer Textilbude. Mehr als einmal. Ich wisse ziemlich genau, wie der Karren läuft.

Gut, sagt er, von ihm aus sei das in Ordnung, am nächsten Montag anfangen, fünf Uhr, pünktlich. Solle den Ausweis der Alters- und Hinterlassenen-Versicherung nicht vergessen. Am ersten Tag würde einer mit mir kommen, so lerne man sich kennen. Er zeige mir, was zu tun sei. Nachher müsse ich selber zurechtkommen.

Und der Lohn?, fragte ich.

Da zögerte er einen Moment, und ich merkte, dass er sich das noch gar nicht überlegt hatte. Danach wühlte er ein wenig in seinen Papieren herum und dann, nach ein paar Sekunden sagt er, so und so viel die Stunde. Und Überstunden 25 Prozent mehr. Das komme selten vor, dass man Überstunden mache. Und, ja, weil man so früh beginne, könne man um halb zwei Feierabend machen und habe noch was vom Nachmittag. Das sei einer der Vorteile, dass man fast den ganzen Nachmittag freihabe. Gerade für jemanden, der beispielsweise Sport treibe, sei das wirklich praktisch. Und ob ich Sport treibe.

Eigentlich eher wenig.

Schade, weil Sport sei immer ein guter Ausgleich, nicht nur körperlich. Er selber, er habe das ganze Leben lang Sport getrieben. Und er könne mir versichern, ihm habe der Sport viel gegeben, wirklich sehr viel.

Ich darauf: Gut, man würde sich wohl wiedersehen.

Er sagt nichts und nickt.

Das war bereits alles.

Ich hätte nicht gedacht, dass es so schnell gehen würde. Jetzt hab ich diesen Job. Jetzt gibt es keine Ausreden mehr. Wenn es mich dieses Mal aus der Kurve trägt, kann ich niemand anderem als mir selber die Schuld in die Schuhe schieben.

So, nun ins Maison, Regula den Fünfziger zurückzahlen.

Und danach will ich nach Olten ins Kino. Alleine. Will meine Ruhe. Genug geschwatzt!

4.

Der alte Sutter, Ulis Vater, ist irgendwie Prokurist oder so was. Ist ein netter Kerl, auf seine Art. Saß wohl im Gemeinderat, seinerzeit, oder in irgend so ner Kommission. Jedenfalls ist er einer von der alten Garde, einer, der noch an das Gute glaubt oder auch an das Böse, was zuletzt aufs Gleiche rauskommt.

Doch, der Sutter ist ziemlich o.k., macht wenigstens was, engagiert sich. Als wir noch Buben waren, hab ich mir so was natürlich nicht überlegt. Da hab ich nur gesehen, dass Sutters eine bessere Wohnung hatten als wir und einen viel geileren Schlitten, Sutters hatten einen feuerroten Lancia GT und wir einen peinlichen Opel Kadett. Jeder konnte sehen, dass Uli mehr hatte, einen Lederball, ein Paar Adidas Rom, die sechzig Eier gekostet hatten, und außerdem Stollenschuhe, um Fußball zu spielen, Nagelschuhe zum Rennen, mit denen du nicht ausrutschst auf der Aschenbahn, weil eine Tartanbahn hast du zu dieser Zeit vergebens gesucht in unserem Dorf, und Atomic-Skis mit Salomon-Bindungen und Skistoppern, als wir noch immer diese blöden Fangriemen hatten, und so weiter. Bei mir zu Hause hieß es derweil, es komme nicht auf die Marke an, und ob einer gut im Sport sei oder nicht hänge von ihm selber ab und nicht von der Ausrüstung, und Sutters seien Sutters und wir seien wir. Und du solltest dankbar sein, überhaupt Skier zu besitzen, weil andere Kinder, die hätten gar nichts und seien auch zufrieden. Ich hätte weinen und schreien können vor Verzweiflung, wenn ich mir diese ewig gleiche Leier anhören musste.

Mein Gott, war ja vielleicht alles wahr, aber das interessierte mich doch nicht. Das Einzige, was ich deutlich sehen konnte, war, dass ich wie ein Vollidiot auf dem Fußballplatz rumstand, wie der Letzte, der Allerletzte von den hinterletzten Vollidioten. Ja, ich war der einzige Spacken mit so abgelatschten, hässlichen, himmeltraurigen Vollidiotenturnschuhen aus Segeltuch. Die sind heute wieder in Mode, aber das hat mir damals auch nichts gebracht. Deshalb und nur deshalb hatte ich mir angewöhnt, ein wenig das Kommando zu übernehmen. Solange ich den Chef spiele, dachte ich mir, kommt keiner auf die Idee, an meinen peinlichen Schuhen rumzunörgeln.

Gut, was ich eigentlich sagen will, ich kann doch nicht den Uli retten, nur weil sein Vater am Telefon sagt, er mache sich Sorgen. Uli und ich, wir sind Freunde, das mag stimmen, das ist wahr, aber gleichzeitig stimmt es eben auch, dass er sich seit Jahren mit Menschen umgibt, die mir nicht geheuer sind. Nicht dass ich anders oder besser wäre als Uli, aber ich finde, ich habe mir meine Freunde etwas besser ausgesucht als er, sogar in den schwierigsten Momenten habe ich mir noch ein wenig überlegt, mit wem ich was rumwurstle. Und jetzt soll ich also schauen, dass er wieder auf den richtigen Weg zurückkehrt. Ausgerechnet ich.

Bin ich Sozialarbeiter? Bin ich Pfarrer? Bin ich Arzt? Bin ich genau der, der den Sutter Uli wieder auf den Weg der Tugend zurückbringt? Nein, ich bin nichts.

Und außerdem bin ich ein Riesenidiot, weil gestern Nacht,

als sich bei mir zu Hause alles drehte, als ich beim Degustieren das Maß nicht fand und ich mir zuletzt mit so einem sauteuren Gran Reserva (ein Dreißiger die Flasche) die Lampe füllte, rief ich morgens um eins besoffen wie ein altes Kalb die Regula an.

Das ist eben genau so schusseliges Zeugs, das du machst, wenn du dich ein wenig in die Euphorie raufsäufst und meinst, alles sei gut und du selbst sehr gut, und dabei überhaupt nichts gut ist. Das war mir natürlich klar, aber ich hätte eben früher draufkommen sollen.

Ich rufe also an. Dauert ziemlich. Ich warte. Geht Buddy ran.

Hallo, wer ist dran?

Ich, Keeper, ruf bitte die Regula.

Was willst du?, fragt er.

Die Regula.

Ja, aber was ich von ihr wolle, um diese Zeit.

Das möchte ich ihr gerne selber sagen.

Ob ich nicht wisse, wie spät es sei?

Danke, ich weiß es. Habe eine ziemlich gute Uhr, immer noch die alte Tissot, die ist unterdessen wohl gut und gern fünfzehn Jahre alt, aber die hält so einiges aus, eine Automatic Seastar, wirklich eine super Uhr, Tissot Seastar, sehr zuverlässig, die wird nicht mehr hergestellt, ist aber immer noch eine super Uhr. Und von daher müsse er mir gar nichts von Zeit sagen. Außerdem rufe ich an, weil ich mit der Regula was Wichtiges besprechen müsse.

Regula schläft.

Dann weck sie.

Was ich eigentlich meine, wer ich sei?

Was er eigentlich meine, wer er sei?

Er warne mich.

Oh, krass. Mach mir keine Angst. Der Irrenarzt hat gesagt, ich soll mich nicht zu sehr aufregen, wegen der Nerven.

Ob ich drauf sei, will er wissen.

Ob er meine Mutter sei, will ich wissen.

So ging es noch circa fünf Minuten weiter, immer ein wenig lauter, bis aus dem Hintergrund ihre warme wunderbare Stimme zu hören war.

Sie sagt, er soll ihr doch den Hörer geben, vielleicht sei's ja wichtig.

Und er nur, sie solle still sein und zurück in die Falle, und zu mir, ich solle ja nie wieder auf die Idee kommen, um diese Zeit bei ihm anzurufen, sonst würd ich ihn kennenlernen.

Und ich, für einmal, nichts. Und dann, nach einer Pause, ob er sie wohl endlich ans Telefon rufen könne. Ich müsse ihr etwas sagen, dringend, etwas, das keinen Aufschub dulde und unter intelligenten Leuten besprochen werden müsse.

Und er noch was Vulgäres und dann aufgehängt. Dann nur noch der Summton, lange und kalt. Und dann gar nichts mehr. So sieht's aus. War keine gute Idee, dieser Anruf, wirklich nicht. Aber nächste Woche beginne ich in der Druckerei, das ist, was jetzt zählt. Sollen die mir doch alle den Buckel runterrutschen. Sollen sie doch verrotten und verfaulen mit ihren Schlaftabletten-Träumen vom Eigenheim mit Parkett und Gartensitzplatz mit Wintergarten und von privater Vorsorge und all diesen zubetonierten Lebensentwürfen.

Hätte ich wenigstens die Katze noch. Bevor sie mich in den Knast steckten, hatte ich eine Katze, einen Tiger. War gut, ab und zu so ein Tier in der Nähe. Dann hab ich sie hingemacht, hab es nicht übers Herz gebracht, sie in ein Tierheim zu stecken. Könnte ja wieder eine anschaffen. Aber das wär wohl nicht mehr das Gleiche.

Wenn ich den ersten Zahltag habe, kauf ich mir vielleicht eine anständige Kaffeemaschine. Hab schon Magenbrennen von dem blöden Espressoteil zum Zuschrauben, bei dem du nie genau weißt, ob dir die ganze Sauce an die Decke hochspritzt oder, schlimmer noch, ins Gesicht.

Ich muss raus. Es pisst und ist kalt und finster. Auch egal. Kann ja den Mantel nehmen. Hab einen guten Mantel, mit dem kannst du stundenlang im Nassen rumlatschen, und außerdem sieht er nach etwas aus, dunkelblau, teurer Stoff.

Als Uli und ich noch zur Schule gingen, spielten wir oft tagelang im Regen. Er war Netzer, ich Cruyff. Einige meinen, ich sei immer im Tor gestanden, weil sie mich überall Keeper nennen. Das ist falsch. Mein Name hat nichts mit der Position zu tun. Im Tor standen jeweils die, die man sonst nicht brauchen konnte. Ich habe mehr Tore geschossen auf diesem löchrigen Platz als alle anderen zusammen. War eigentlich gar kein Fußballplatz, nur so ein verdammter Rasenstreifen zwischen Reitplatz und der Hauptstraße. Mehr konnte unser Quartier nicht bieten. Aber es reichte uns. Damals reichte sowieso alles. Wenn es dir gutgeht, reicht dir alles. Und mir, mir ging es gut als Knirps, sehr gut, auch wenn ich das damals natürlich nicht wissen konnte.

Ich weiß nicht, wo ich hin soll. Hab nur vorhin gedacht, ich müsse raus.

Ich geh gegen Schoren. Vielleicht ist ja Uli zu Hause und macht einen Tee oder so. Könnte ja sein. Dann könnten wir ein wenig von damals reden, als wir noch Kinder waren und alles gut war. Jedenfalls fast alles. Über den Etter, zum Beispiel, der beim Fußball immer behauptet hat, er sei gefoult worden, und es gäbe einen Strafstoß. Na sicher, ein Strafstoß! Vergiss es. Halt die Fresse, Etter! Du träumst doch, Etterchen. Nie im Leben war das ein Foul, niemals! Ich hab dich ja kaum berührt. Und er am Boden, eine Hand am Schienbein und eine in der Luft: Strafstoß, das gibt einen Strafstoß! Und wir schon lange weitergespielt.

Uli wohnt unten in einem kleinen Nebenhaus eines Bauernhofes. Nicht schlecht. Etwas klein vielleicht, dafür aber billig. Oben wohnt ein altes Muttchen, das nichts mehr hört. Das ist praktisch, wegen Musik und so. Nur jetzt ist es gerade nicht so praktisch. Sie schaut mich an, steht im offenen Fenster und versteht rein gar nichts von dem, was ich sage. Ich zeige auf die Tür im Erdgeschoss. Sie sagt was wegen dem Wetter. Ob sie wisse, wo er sei oder wann er nach Hause komme? Ob sie ihn habe rausgehen sehen.

Ja, sagt sie, gestern schon den ganzen Tag lang, und dabei wollte er für gestern und heute noch schön.

Wer? Wer wollte schön?

Eben ja, gell, die täuschen sich immer mehr, die vom Wetter. Nun ja, wir nehmen es einfach, wie es kommt. Ach ja, so ist es halt, was will man sonst? Wenn wir das Wetter auch noch selber machen könnten, käme es ja auch nicht gut raus.

Und Uli, der vom Erdgeschoss?

Ich glaube denen schon lange kein Wort mehr, wissen Sie.

Vergiss es einfach, Keeper, so ich zu mir selber. Reg dich nicht auf. Vielleicht wirst du ja auch mal so wie diese alte Frau, aber wahrscheinlich doch nicht, weil dich nimmt es wahrscheinlich vorher.

Also geh ich ins Dorf runter und hol mir ein paar Videos. Oder nein, keine Videos, das ist nur die Zeit totschlagen, besser ein paar Bücher. Bücher halten länger hin, und du hast danach nicht so ein leeres Gefühl in der Birne, wenn du sie fertiggelesen hast, jedenfalls wenn es halbwegs gute Bücher sind.

Herrgott, wäre schön gewesen, jetzt mit Uli von früher zu schwärmen. Was macht wohl der Etter nun? Der Typ machte, glaube ich, das Lehrerseminar und ist dann auch wirklich Lehrer geworden. Sofort nach dem Seminar in irgend so einem Dorf zu unterrichten angefangen. Das ist alles, was ich weiß. Ist jetzt bestimmt Oberlehrer oder was. Ewiger Streber, der Etter, und ewige Heulsuse, mit seinen Elfmetern.

Das gibt Elfmeter!

Schnauze, Etter! Nie im Leben ist das Elfmeter, du Halbaffe!

Und wenn er auswählen konnte, hat er mich nie als Erster ausgewählt. Wahrscheinlich wollte er mir beweisen, dass ich für ihn nicht der Beste war.

Und der kleine Balsiger? Was macht der wohl heute? Der, der beim Mannschaftenbilden immer übrig geblieben ist, bis jemand gesagt hat: Den könnt ihr haben.

Nein, nehmt ihr ihn, wir können ihn nicht brauchen.

Nein, ihr nehmt ihn, wir sind eh schon einer mehr.

Das ist egal, ihr könnt ihn haben.

Macht doch, was ihr wollt.

Keiner wollte den kleinen Balsiger, aber ein Team hat ihn dann doch immer genommen. Verdammt noch mal, das waren gute Momente! Solche Nachmittage kommen nie wieder.

Ich weiß selber nicht weshalb, aber der Einzige, mit dem man heutzutage noch seriös über diese Zeiten diskutieren kann, ist Uli. Die anderen sind entweder längstens weg oder können sich nicht mehr erinnern, weil sie kein Gedächtnis haben wollen! Weil die ganze verfluchte Welt heute kein Gedächtnis mehr hat. Erfolg verträgt kein Gedächtnis. Und keiner mag sich an irgendwas erinnern, weil all die Optimisten und Visionäre und die Tussen am Fernseher und die depperten Briefkastenonkel in den Zeitschriften und überhaupt alle zusammen immer nur sagen, man solle nach vorne schauen. Du brichst dir ein Bein. Macht nichts, nur nach vorne schauen! Du verlierst den Job. Macht nichts, nur nach vorne schauen! Du gehst pleite. Macht nichts, nur nach vorne schauen! Du hast Krebs. Nach vorne schauen!

Sorry, wohin genau? Wo willst du hinschauen, wenn du merkst, wie es mit dir senkrecht runtergeht? Hört doch auf mit diesem Geseier! Wenn es hinten besser ausschaut als vorne, dann schaue ich lieber nach hinten.

Und wenn der Regen nicht bald aufhört, dann bleib ich in dieser Bibliothek, bis mich eine von diesen Bibliothekarinnen oder meinetwegen der Hauswart rausschmeißt, aber vorher sag ich ihm noch, er solle mir ein Taxi rufen.

Das macht diesen Brüdern meist Eindruck, das mit dem Taxi, weil hier kein Mensch Taxi fährt, außer, er kann nicht mehr gehen. Und wenn dann einer wie ich ein Taxi nimmt, von der Bibliothek nach Hause, dann haben sie was zu schwatzen.

5.

Der erste Tag auf dem Job war nicht mal so schlecht. Zeugs ausliefern, Drucksachen. Dazwischen etwas im Lager aushelfen. Alles in allem ziemlich locker. Wenn es jeden Tag so geht, kann man das wohl durchziehen. Ich meine, ein Job ist ein Job. Das ist ja logisch. Aber ich hab an Orten gearbeitet, da war schon nach einer Stunde klar, dass das nichts wird. Hier nicht, hier ist es einigermaßen okay.

Im Grunde kann ich zufrieden sein. Hab meine Ruhe und meinen Job und so. Fast so, wie ich es wollte.

Jetzt mal duschen, dann was Anständiges kochen, dann ins Maison und mich bei Regula wegen dem peinlichen Anruf um ein Uhr nachts entschuldigen.

Regula schaut heute unglaublich gut aus. Sonst natürlich auch, aber heute besonders. Schwarze Jeans, schwarzer Pullover mit V-Ausschnitt, die Ärmel zurückgerollt, so dass man ihre feinen, sehnigen Unterarme sieht, die sich anspannen, wenn sie das Tablett trägt. Das hellbraune Haar hinters Ohr gestrichen und ihre Augen, die so schräg im Gesicht stehen, sehen aus wie die Augen dieser russischen Eiskunstläuferin, an deren Name ich mich vielleicht später noch erinnern werde. Möglicherweise gar keine Russin, sondern eine Ostdeutsche, jedenfalls hat sie unglaubliche Augen.

Entschuldige, Regula, ich war etwas angeheitert, und außerdem drehte sich mir alles.

Schon o.k., Keeper, musst dich nicht entschuldigen. Buddy war eh noch wach.

Aber dich hab ich geweckt, das wollte ich nicht, ehrlich.

Ich sag doch, Keeper, es spielt keine Rolle. Ist nicht schlimm.

Aber Buddy war wütend.

Das musst du mit ihm besprechen. Ich, ich bin jedenfalls nicht wütend.

Ehrlich nicht?

Ehrlich nicht!

Bist eine Gute.

Bist ein Schwätzer.

Ich meine es ehrlich, Regi, du bist viel zu gut für diesen Buddy.

Hör auf, Keeper.

Bringst du mir einen Dreier Navarra, wenn du gerade Zeit hast? Würdest mich glücklich machen.

Hör zu, diesmal frage ich nicht, ob du bezahlen kannst.

Ist auch besser so. Ich hab jetzt einen Job.

Ich weiß, sie haben es mir schon erzählt. Pesche hat dich mit dem Lieferwagen von Maag durchfahren sehen.

So, so, Pesche hat mich durchfahren sehen. Guter Beobachter, der Pesche, Respekt.

Um Himmels willen, fragte ich mich, was macht Regula eigentlich falsch, dass sie so einen Volldeppen als Chef hat und so eine traurige Träne von Typ zu Hause? Aber gesagt habe ich nur danke, weil sie nämlich bereits den Wein gebracht hatte.

Du Keeper, was wolltest du mir eigentlich sagen?

Wann?

Na, als du mich angerufen hast, mitten in der Nacht.

Weiß nicht mehr, hab dir doch gesagt, ich war dicht wie ein Klostertor.

Komm schon. Weißt doch wohl, warum du jemanden mitten in der Nacht anrufst.

Ich nicht, ich weiß es nicht.

Ich sie angelächelt, und sie zurückgelächelt.

Es war nicht das erste Mal. Und doch hat es verdammt noch mal richtig gutgetan zu sehen, wie sie lächelt, wie sie für mich lächelt.

Und nach einer Weile kommt sie schon wieder an meinen Tisch und fragt, ob der Job o.k. sei.

Auf jeden Fall besser als deiner.

Wie willst du wissen, wie mein Job ist? Du hast ja noch nie serviert.

Nein, aber ich schau dir dabei zu.

Und vom Zuschauen siehst du, dass es kein guter Job ist?

Vom Zuschauen weiß ich, dass es hier zu viele Deppen hat, und dass der größte von allen dein Chef ist, und dass du die Einzige bist, die hier drinnen was anderes tut, als blöd anzugeben.

Jetzt lächelt sie schon wieder. Wahnsinn, sie ist wirklich hübsch, wenn sie so Grübchen kriegt im Gesicht.

Regula, nimm doch auch ein Glas und setz dich fünf Minuten zu mir hin.

Nein, danke, es hat noch zu viele Leute, später vielleicht, wenn es weniger voll ist.

Später bin ich bereits am Pennen, Regi. Muss morgen wieder um fünf anfangen, das ist der einzige Nachteil an diesem Job.

Sag mal, Keeper, weißt du wirklich nicht mehr, was du mir hast sagen wollen?

Und jetzt setzt sie sich trotzdem kurz hin, aber nur so halb, am Rand der Eckbank, so, als möchte sie gleich wieder aufstehen.

Vielleicht erinnerst du dich ja noch.

Und dann hab ich ihr in die Augen geschaut und versucht, einen einigermaßen zärtlichen Gesichtsausdruck hinzukriegen, aber es hat wohl ein bisschen verkrampft ausgeschaut. Ich weiß auch nicht, weshalb mich das so freut, ich meine, dass sie so oft nachfragt, weshalb ich so spät noch angerufen habe. Weshalb wohl! Weil ich Freude an ihr hab, weil ich auf sie spitz bin, spitz wie Pinselreiniger, würde der Uli sagen. Und das weiß Regula natürlich haargenau und will es jetzt auch noch von mir hören. Die meisten Frauen wissen genau, wem sie gefallen, aber wollen es trotzdem auch noch hören.

Doch wenn ich nur etwas begriffen hab, wenn ich nur etwas gelernt habe in diesen dreiunddreißig Jahren auf diesem seltsamen Planeten, dann ist es Folgendes: Man sollte bei einer Frau nie zu schnell sein. Piano, low profile, einfach abwarten, bis sich etwas ergibt oder dann eben nicht ergibt. Langsam ran, fein und zurückhaltend wie ein laues Sommerwindchen, aber dann im richtigen Moment bereit sein. Wer bei einer Frau irgendwas erzwingen will, hat bereits verloren, auch wenn er es anfangs vielleicht gar nicht merkt.

Dem Uli und der Marta hab ich es letzten Sonntag jedenfalls schon erzählt. Hab ihnen gesagt, ich sei verliebt. Ich weiß, dass man solche Dinge nicht rumerzählen sollte. Doch ihnen beiden musste ich es sagen. Wem, wenn nicht Marta und Uli? Uli war zwar nicht wirklich interessiert. Aber Marta fand, es würde mir guttun, mal nicht mehr alleine zu sein. Und weshalb ich damals mit jener von Burgdorf Schluss gemacht hätte, dieser Helen, das sei doch eine Gute gewesen und die hätte wunderbar zu mir gepasst, immer gut drauf und sogar sportlich und so. Und sie, also Marta, sie habe bis heute nicht verstanden, weshalb ich diese Helen von einem Tag auf den anderen verlassen hätte.

Ja, Marta, denkst du denn, eine, die in Gottes Namen Englisch studiert hat und eine Assistenz an der Uni und so eine Zukunft vor sich wie die Helen damals, hast du das Gefühl, so eine wäre längerfristig bei mir geblieben? Vergiss es! Das wäre nie was geworden. War schon komisch genug, dass wir überhaupt je zusammengekommen sind. Spätestens, als es mich verarscht hat, als ich reinmusste, wäre sie sowieso gegangen. Ihr Vater ein hohes oder noch höheres Tier im Militär und Delegierter in hundert oder mehr Verwaltungsräten und die Mutter so eine rausgeputzte Luxustusse aus irgend so einem uralten Patriziergeschlecht mit pseudofranzösischem Akzent: Was mascht eigentlisch Ihrr Vatterr berufflisch, wenn man fragen darff?

Kannst du dir das vorstellen, ich, der Keeper in den gehobenen Kreisen von Burgdorf, ein Glas Burgunder in der Hand und die Birne voller Sugar.

Ja, unserr Herrr Schwiegerrsohn ist momentan nosch in Witzwil im Strrafvollzug, jawohll, ein äußerrst feinerr jungerr Herrr. Wirr sind sehrr errfreut, err ist sehrr engagierrt, hat Tätowierrungen und einen schönen langen Bart. Doch, doch, einerr derr besten Strafgefangenen im Kanton, exemplarrisch und so ein anständigerr Jüngling und so einsischtig und so gut im Drrehen von rriesigen Joints. Wirr haben ungemein Frreude an seinerr Entwicklung, ein Trraum eines Schwiegerrsohns, wirr frreuen uns außerrorrdentlisch für unserre Helen.

Hör doch auf, Keeper! Das hast du ja damals, als du mit dieser Helen Schluss gemacht hast, noch gar nicht wissen können, dass sie dich reinnehmen werden. Und mit ihren Eltern hast du eh nie wirklich was zu tun gehabt.

Wollte mir gerade irgendeine schlaue Antwort überlegen, da mischt sich der Uli ein und sagt, ich habe recht und Marta soll mal aufhören zu labern und es gäbe Frauen, die immer einen suchen, der möglichst kaputt sei, damit sie sich um ihn sorgen können. Und genau so eine sei die Helen gewesen. Er habe sie analysiert, sie sei die typische Mutter Teresa gewesen und wäre es hart auf hart gegangen, hätte sie hundert Pro den Bettel hingeschmissen und sich einen gesucht, der zwar auch kaputt sei, aber nicht ganz so kaputt wie ich damals. Und ihm, Uli, würden solche Frauen sowieso auf den Sack gehen, so Frauen, die ein wenig am kaputten Leben riechen wollen, aber sich trotzdem immer ein Hintertürchen offen halten, damit sie wieder in die

Wärme zurückkönnen, wenn es ihnen zu viel werde unterwegs. Und überhaupt, er wolle jetzt nochmals einen Smack und wo ich verdammt noch mal die Folie hingetan hätte, die vorhin noch auf dem Tisch gelegen habe.

Ich machte dann einen Abgang. Weil eine Sache ist, selbst nichts mehr zu nehmen, und eine andere Sache ist es, anderen zuzuschauen, wenn sie sich zudröhnen.

Das Scheißgift macht dich fertig, das macht jeden zur Sau, Uli, glaub's mir.

Tschüss, Keeper, und vielen Dank für die Sonntagspredigt. Gäbst einen guten Missionar ab. Man sieht sich. Guten Start morgen.

Das war gestern. Kam mir vor wie so ein trauriger Pfaffe. Was willst du? Manchmal bist du im Leben einfach ein Pfaffe, das ist in einem drin, das ist eingepflanzt, jeder hat das in sich.

Es läuft alles verkehrt herum in meinem Oberstübchen, als wäre das mit Regula gestern gewesen und das mit Uli und Marta heute. Warum, weiß ich auch nicht. Wahrscheinlich bin ich einfach gerädert vom ständigen Frühaufstehen.

Ich nehm zu Hause noch zwei Treupel, präventiv, dazu einen rechten Schluck Veterano. Kann gerade noch zehn oder fünfzehn Seiten in diesem Buch lesen, das ich mir letzte Woche in der Bücherei besorgt hab. Die Buchstaben verschwimmen so schön, das gibt der Geschichte, die ich lese, Atmosphäre. Dann wird es langsam dunkel im Kopf oben, und ich tauche in tiefen Schlaf.

6.

In der Nacht träumte ich, ich hätte einen schönen warmen Kick gehabt.

War nur ein Traum. Mir passiert nichts. Kann mich zusammenreißen. Ich kann, wenn ich will. Und ich will. Ich weiß nicht einmal mehr, wann ich mir zum letzten Mal was reingelassen habe, es ist lange her. Eigentlich haben wir zusammen aufgehört, Uli und ich. Der Typ war schon damals nicht gut drauf, deshalb konnte er es auch nicht durchziehen. Mir tut es ja leid. Ändern kann ich es nicht.

Ich weiß nicht, warum ich immer niese, wenn ich in dieser elenden Druckerei ankomme. Jeden Morgen um fünf, sobald ich die Lieferscheine aus dem Fach nehme, muss ich niesen. Das ist sehr wahrscheinlich psychologisch. Würde ich länger daran herumstudieren, würde ich es wohl als Zeichen deuten und den Job wechseln. Doch so weit bin ich noch nicht, ich meine, so weit, dass ich dem Niesen eine höhere Macht zuschreiben würde oder dass ich so viel Oberwasser hätte, um den Job zu wechseln. Nein, nein, im Moment bleibe ich hier und schau erst mal. Es wird noch früh genug von irgendwoher Dreck angeflogen kommen. Ich weiß es, kenne mich ja nur zu gut.

Es ist übrigens nicht ganz richtig, dass mir nichts passiert. Mir passiert schnell mal was Blödes. So wie in jenem Sommer, als wir im Tessin auf der Schulreise waren. Der Kiefer, unser Lehrer damals, sagt, wir sollen nicht mit diesen Postkarren spielen, die auf dem Bahnsteig rumstanden.

Ich denke: Aha, da hat es also diese Karren. Was kann man mit denen wohl anstellen? Müssen irgendwo eine Bremse haben. Müsste man lösen können, diese Bremse. Und ich schaffte es tatsächlich. Und natürlich ging es nicht gut aus. Ein ziemlicher Versicherungsfall. Und damals lebte mein Alter noch. Und er war noch kräftig. Ist eigentlich ziemlich extrem, wenn man sich das im Nachhinein überlegt. Du bist circa dreizehn, und da kommt das Formular der Versicherung und der Brief vom Klassenlehrer, und dann kriegst du so was von auf den Arsch, dass du am Ende nicht mehr weißt, wie du heißt und ob du überhaupt jemals existiert hast.

Will kein Riesendrama daraus machen. Weiß ja selbst, dass ich nicht der Einzige bin, der von seinem Papa auf den Arsch gekriegt hat. Aber trotzdem ist es beschissen. Vor allem, wenn man daran denkt, dass der Alte ein oder zwei Jahre später wegen dieser Krankheit, diesem Muskelzeugs die Kraft nicht mehr gehabt hätte, einen so zuzurichten. Aber damals hat er die Kraft noch gehabt, hat zugeschlagen wie ein junger Drescher. Und wenn man sich dann überlegt, dass mein Alter ein cholerischer Schweinehund war, ist es ja ein ziemliches Wunder, dass ich heute relativ cool bin, vom Temperament her. Doch, es stimmt, ich bin höchstens verbal aggressiv. Das hat mir der Psychiater in Witz attestiert.

Auffällige verbale Aggressivität bei gleichzeitiger Konfliktunfähigkeit und ausgeprägter Neigung zur Problemverdrängung, physisch unauffällig.

Wollte man es erfinden, man käme nicht darauf. Typen können solches ohne eine Sekunde zu zögern in einen Bericht hineinschmieren, und von dem hängt es dann ab, ob sie dich früher rauslassen oder nicht. Auch nicht nichts, wenn man sich das so überlegt.

Sonntag. Im Buch, in dem ich lese, haben ein paar Freunde zwei Häuser geschenkt gekriegt. Die Freunde sind so Hängertypen, beinahe wie wir früher, aber halt einfach noch viel früher und in Amerika. Eben, einer hat eine Erbschaft gemacht, hat zwei Häuser geerbt. Er teilt diese Häuser mit seinen Freunden. Dann brennt eines der Häuser nieder, weil einer nicht aufgepasst hat, aber das andere haben sie noch. Ist nicht schlecht, gefällt mir, die Geschichte. Diese Jungs hatten nichts, und jetzt immerhin noch dieses eine Haus, aber sie kommen nicht recht zu Rande damit, weil sie noch nie in so einer Situation waren. Plus, sie saufen zu viel. Aber man weiß als Leser nie genau, ob sie zu viel saufen, weil sie so viele Probleme haben, oder ob sie Probleme haben, weil sie zu viel saufen. Das ist wie im richtigen Leben. Da weißt du nie. Ist wahrscheinlich immer von beidem was. Eine Schlange, die sich in den Schwanz beißt. Und apropos Schlange, bleibe ich noch lange alleine, drehe ich durch. Muss eine Frau finden, und zwar nicht irgendeine, nein, es muss die Richtige sein, entweder die Regula oder eine, die mindestens auf der Höhe Regulas ist. Aber im Moment kommt nur Regula in Frage. Und gleichzeitig kommt sie nicht in Frage, weil sie eben mit Buddy ist, diesem Clown. Also schon wieder eine Schlange, die sich in den Schwanz beißt.

Vom gleichen Typen hab ich schon mal ein Buch gelesen, eines von einem, der so einen Freund mit sich nimmt, der nicht ganz lupenrein in der Birne ist, aber dafür stark wie ein Pferd. Die beiden gehen von Bauernhof zu Bauernhof und malochen, und der, der einen Flick weghat, der kann nicht so viel denken, aber gut malochen und der andere kann dafür für beide denken. Kurz gesagt, sie ergänzen sich, und man denkt sich beim Lesen, dass es gut kommen könnte. Eine Weile geht es auch gut. Doch jener, der geistig zurückgeblieben ist, steckt sich immer kleine Mäuse in die Hosentasche, um sie zu streicheln, dann zerdrückt er sie, einfach, weil er zu stark ist. Er will es gar nicht, es passiert ihm einfach. Und zuletzt zerdrückt er eine Frau, die ihn immer angemacht hat. Das hat sie einfach so getan, zum Spaß, aber sag das mal einem, der nicht ganz hundert ist. Der nimmt das natürlich ernst und drückt sie, drückt viel zu stark, auch nicht absichtlich, aber trotzdem, er kann sich einfach nicht kontrollieren und zerdrückt sie. Und das Schlimmste: Sein Freund muss ihn am Ende erschießen, weil es sonst die vom Bauernhof gemacht hätten, aber die hätten ihn wohl vorher noch übel verprügelt oder gefoltert oder so. Also nimmt sein Freund die Pistole, bevor die anderen ihn finden und Schluss. Und wie die anderen kommen, ist der Große schon tot. Ein extrem trauriges Buch. Ich hab es schon zweimal gelesen, und es hat mich beide Male total fertiggemacht. Das einzige Detail, das mir nicht ganz klar ist: Weshalb macht diese Frau den Deppen an? Was will sie sich damit beweisen? Sie weiß doch ganz genau, das der geistig irgendein Problem hat. Und normalerweise macht eine Frau, wenn sie einen anmachen will, irgendeinen an, aber nicht einen geistig Behinderten.

Regula brachte einen Kuchen mit. Jemand habe ihr gesagt, ich hätte Geburtstag.

Erzähl keinen Mist, Regi, ich hab doch nicht Geburtstag, wer hat das behauptet?

Das Gerücht machte die Runde.

Was? Das Gerücht machte die Runde? Jemand muss es doch gesagt haben. Das Gerücht schwatzt ja nicht von selbst.

Aber da dachte ich mir, Hauptsache, sie ist da. Ich laberte nicht mehr rum, machte Tee und sagte, es freut mich, dass du hier bist, und ich hoffe, du hast einen Moment Zeit.

Sie habe einen Moment Zeit. Buddy sei auf dem Flugplatz. Sie gehe nicht so gerne mit. Für sie sei es eher langweilig, sie mache sich halt nichts aus Modellflugzeugen. Gut, sie hätte auch nichts dagegen oder so. Sei sicher nicht das blödeste Hobby. Und für Buddy sei es ganz gut, er sei ein anderer Mensch, wenn er vom Flugplatz zurückkomme.

Willst du Zucker in den Tee?

Ja gerne.

Sie schaut mich an, schaut mir zu, wie ich den Zucker sorgfältig vom Löffel in die Tasse rieseln lasse, und ich werde verlegen.

Hey Keeper, komm, erzähl mal. Wie war es im Knast? Ich kenn sonst keinen, der schon mal im Knast war.

Bist du deshalb gekommen?

Nein, überhaupt nicht, hab dir doch gesagt, jemand hat mir gesagt, du hättest Geburtstag. Es interessiert mich halt.

Ist nichts Spezielles. Tagsüber draußen arbeiten in der Landwirtschaft und abends warten, bis es Nacht wird. Einige sind Schweinehunde und andere ziemlich o.k. Zuerst muss man mal schauen, wer wie ist, und sich dann an die halten, die o.k. sind, dann geht's. Soll ich Musik auflegen?

Nein, lass das Radio an. Ich fühl mich gerade gut so.

Ich nicht.

Weshalb?

Weiß auch nicht genau. Seltsame Situation. Wir beide hier bei mir, an einem Sonntagnachmittag. Und Kuchen und Tee. Schwierig zu sagen, weshalb, aber mich macht das alles ein wenig nervös.

Erzähl doch weiter. Warum musstest du überhaupt rein?

Weil ich verurteilt wurde.

Ja, klar, aber ich meine, sie müssen dir doch gesagt haben, warum sie dich verurteilt haben.

Wegen unkeuschen Gedanken.

Mensch, Keeper, du bist eine komische Nummer.

Ich weiß, ich weiß.

Und nach einer Pause: Sag mal, Regi, ist Buddy weniger komisch als ich?

Buddy ist anders. Buddy steht mit beiden Beinen auf dem Boden. Buddy passiert nicht immer so komisches Zeugs. Aber ich bin nicht zu dir gekommen, um über Buddy zu reden.

Wozu dann? Wozu bist du hier?, dachte ich bei mir. Und hab

ihr den Arm um die Schultern gelegt und gesagt, es freue mich jedenfalls, dass sie gekommen sei, und ich hätte das Gefühl, es sei ein wenig heller um mich herum, wenn sie in der Nähe sei.

Es hat sie nicht gestört, das mit dem Arm, im Gegenteil, sie ist näher an mich herangerutscht, hat den Kopf an meine Schulter gelegt und nichts mehr gesagt. Es war seltsam, die Regula in den Arm zu nehmen, während ihr Mann hinten beim Schießstand die Fernbedienung von so einem kindischen Modellflugzeug bedient. Seltsam, aber schön, sehr schön.

7.

Mir gibt die Gegenwart den Kick. Die meisten, die ich kenne, studieren immer an der Zukunft herum, entweder an der eigenen, oder an der ihrer verwöhnten Kinder. Aber die Zukunft ist ein weiter Begriff, vor allem, wenn du nicht weißt, was alles noch kommt.

Ich hänge nicht an der Zukunft. Ich nicht. Ich studiere nicht an der Zukunft rum. Ich überlege mir höchstens, ob das mit Regula schon alles war. Ein wenig halten, ein wenig zuhören, ein wenig schwatzen und ein ganz klein wenig Knieschlottern. Und dazu Kuchen und Staatsradio. Das hat natürlich auch seinen Reiz, jedenfalls am Anfang. Aber niemand weiß, wie lange so ein Anfang dauert und ob es überhaupt ein Anfang ist.

Klar könnte ich ihr sagen, so gehe es nicht, sie soll sich entscheiden, mir sagen, was sie will, soll wählen, entweder er oder ich, entweder so richtig oder nur so zum Spaß und blablabla. Aber wozu?

Was mach ich danach, wenn sie nach einer Weile sagt, sie habe sich nun ganz für mich entschieden? Oder noch schlimmer, sie sagt, sie wolle mich lieber gar nicht mehr sehen? Es ist wohl gescheiter, nichts zu tun und einfach abzuwarten. Solche Prozesse kannst du nicht beschleunigen. Sonst würde das ja jeder tun.

Uli ist jetzt im Spital. Ich hab ihm mehr als einmal gesagt, er solle zum Arzt. Und wie er endlich gegangen ist, hat ihn der Doktor Wydenmeyer direkt ins Spital eingewiesen. Hepatitis und noch so anderes Zeugs und vor allem hohes Fieber.

Hatte ich ihm nicht gesagt, er habe Fieber? Hatte ich ihm nicht gesagt, er habe die Gelbe? Marta meint, es sei besser, jetzt nicht zu insistieren und ihn einfach ein wenig schlafen zu lassen.

Sag doch, Marta, ich hab es schon lange gewusst, ich hab Uli doch gesagt: Mann, du hast die Gelbe! Mann, du solltest was unternehmen! Hab ich es nicht gesagt? Hab ich nicht gesagt, er soll einen Arzt anrufen?

Marta macht eine Geste, ich solle nicht so rumschreien, und verlässt das Zimmer. Sowieso sinnlos, dort rumzusitzen, solange Uli schläft.

In der Cafeteria des Spitals haben sie gute Berliner. Die mit Puderzucker statt normalem Zucker obendrauf, kriegst weniger klebrige Finger von. Und süß sind sie genauso wie die anderen. Wenn ich könnte, würde ich nur noch die Berliner aus dem Spital essen.

Marta fragt, ob es was Neues gäbe in Sachen Regula.

Ich wurde etwas nervös.

Warum? Hat wer was gesagt?

Niemand. Aber du hast doch gesagt, du seist verliebt.

Hab ich das?

Komm, tu nicht so, Keeper. Du hast geschwärmt wie ein Teenie. Erzähl, was läuft, erzähl, ich bin gespannt.

Aber es gibt nichts zu erzählen. Außerdem lenkt es mich ab, dass Martas Oberlippe voller Konfitüre und Puderzucker ist.

Wir reden ein bisschen über Uli und darüber, dass es gut wäre, wenn er in so ein Programm aufgenommen würde, Methi- oder Hero-Abgabe, einfach so eines dieser Programme, in dem er unter Kontrolle wäre, aber doch nicht allzu sehr.

Entschuldigen Sie, hier ist Nichtraucher.

Das war eine, die ihren Mann besucht. Der Mann in einem lila Trainingsanzug mit weißen Streifen, sie in einem genauso lila Anthroposophen-Gewand und kommt einfach so an unseren Tisch, setzt sich beinahe hin, rümpft die Nase und sagt in diesem perversen Tonfall, den gewisse Leute draufhaben, wenn sie im Alltag ihre Mitmenschen zurechtweisen: Sie, entschuldigen Sie, hier ist Nichtraucher.

Ich glaube, Sie täuschen sich. Ich glaube, Sie haben etwas falsch begriffen, weil hier, hier ist eben ganz genau nicht Nichtraucher. Genau hier ist Raucher, und dort drüben, sehen Sie, dort ist Nichtraucher.

Aber wir sitzen im Nichtraucher und haben Ihren Rauch im Gesicht.

Gut, der Rauch, sag ich zu ihr, ich weiß schon, der Rauch ist furchtbar, der kennt eben die Regel des Bundesamtes noch nicht, der Rauch, der Idiot, kann nicht lesen und nicht gehorchen. Der Rauch macht, was er will. Der Rauch ist freier als wir alle, nicht wahr?

Sie findet das nicht witzig und sucht sich einen Platz in einer anderen Ecke. Der Mann bleibt beim Tischwechseln mit den Schläuchen der blöden Infusionsflasche hängen, die er an einem Ständer mit sich führt. Wäre fast auf die Fresse gefallen samt seiner Infusion. Dann schaut er mich an, als hätte ich ihm ein Bein gestellt, der Spast.

Sie hätten ja von Anfang an in diese andere Ecke gehen können, einen Kilometer vom Rauch weg. Aber einigen geht es gar nicht um den Rauch, es geht ihnen ums Gespräch. Egal, worüber. Das rührt daher, dass heutzutage alle so wahnsinnig alleine sind. Manchmal kommen sie dir im Haus blöd vorbei wegen einem Fahrrad, das angeblich am falschen Ort steht, oder wegen dem Kehricht, den du zu früh rausgestellt hast. Aber es geht ihnen nicht ums Fahrrad oder um den Kehricht, es geht um die gottvergessene Einsamkeit. Einige Leute sagen sich wahrscheinlich nur: Lieber wieder mal einem Mitmenschen blöd vorbeikommen, als gar keine Kommunikation.

An was denkst du rum, Keeper?

Ist doch egal.

Denkst du an Regula rum?

Ich muss jetzt los, hab noch zu tun. Und noch was, Marta, wenn du mit diesem Arzt schauen könntest, ob es für Uli so ein Heroinprogramm gäbe, in Olten oder Bern oder so, wär das sicherlich besser als gar nichts, aber da musst schon du schauen, du bist seine Frau. Und auf mich hören sie sowieso nicht. Ich bin nur ein Idiot, der aus dem Knast gekommen ist wegen Giftgeschichten.

Ich werde schauen.

Aber mach's wirklich!

Ja, ja, ja, ist ja gut, ist gut. Ich mach's. Und du, mach keinen Scheiß.

Du auch nicht, Marta, du auch nicht.

Zu Hause schaute ich die Post durch. Nichts als Werbung und Bettelbriefe. Wie wenn ich einer wäre, den man anbetteln könnte. Die haben doch alle keine Ahnung! Ich hab dann noch so einen blöden Wettbewerb angeschaut, und weil ich vor dem Schlafen noch ein wenig an die frische Luft wollte, füllte ich den Fragebogen aus und ging damit zum Briefkasten bei der Bäckerei. Das Lösungswort ergab sich, indem man bei allen Fragen den richtigen Begriff ankreuzte. Freiheitsstatue. Ein dümmeres Lösungswort kann man sich kaum vorstellen. Der erste Preis ist so ein Wagen, ein Ford Weiß-nicht-was. Mich hätte vor allem der zweite Preis interessiert, eine Reise nach New York für zwei Personen. Aber mach mal bei so einem Wettbewerb mit, bei dem hunderttausend Deppen, wie ich einer bin, mitmachen, und gewinn dann genau den zweiten Preis.

8.

Wie ich am Samstag ins Maison komme, sagt Pesche, ich solle gleich wieder abhauen, ich habe Hausverbot, es sei nun definitiv zu viel des Guten.

Hausverbot? Warum sagst du Hausverbot, Pesche? Wie kommste darauf? Bist nicht gut drauf? Zu wenig Kaffee verkauft oder wie?

Du weißt weshalb, Keeper. Hab dir oft genug gesagt, ich will hier drin keine Drogen sehen. Kannst froh sein, wenn ich dich nicht anzeige. Und jetzt hau ab.

Hey, Moment, Pesche, Moment, Moment, komm runter, atme mal tief durch, Pesche, das muss ein Missverständnis sein. Hab nichts mehr zu tun mit dem Scheiß. Ich bin raus, echt, Ehrenwort!

Keeper, ich hab keine Lust zum Diskutieren. Wir haben ein Depot gefunden, draußen auf der Toilette, und das, kurz nachdem du hier warst. Musst mir nichts weismachen. Geh, sonst ruf ich die Polizei.

Ja, gut, lass sie kommen, sollen nur kommen, die Bullen. Die behandeln mich wenigstens nicht so saublöd wie du.

Ich warne dich, Keeper!

Du magst mich nicht, ich weiß es schon lange, Pesche. Ich hab dir nie was angetan. Ich hab mir nichts vorzuwerfen. Und deshalb verlass ich diesen Laden nicht, bis mich die Polizei abholt.

Ich hab mich so lange blöd aufgeführt, bis Pesche mich am Kragen packte. Er hat mich wirklich rausgeschmissen, und ich hab ihm noch gesagt, er sei eine ganz elend traurige Nummer. Weiß auch nicht, weshalb ich so reagierte. Das heißt, ich weiß es natürlich schon. Erstens macht es dich fertig, wenn du nicht mehr in die Kneipe darfst, in die du gerne möchtest. Zweitens macht es dich fertig, wenn sie dir anhängen, du seist ein Dealer, und es stimmt nicht und hat nie wirklich gestimmt, würde man es genau betrachten. Drittens macht es dich fertig, wenn du merkst, du wirst ungerecht behandelt und kannst nichts dagegen tun.

Dort, wo ich in Ausbildung war, hat mal Geld gefehlt. Einer der Konstrukteure kam, sein Portemonnaie sei weg, ein Portemonnaie mit weiß nicht wie viel hundert Franken drin. Jeder musste zum Chef. Ich war's nicht, wurde aber verdächtigt. Konnten mir nie was nachweisen. Na ja, ich war's ja auch nicht. Trotzdem war es von da an nicht mehr wie bisher. Man hat nie rausgefunden, wer das Geld von diesem Konstrukteur geklaut hat, also hing der Verdacht jahrelang an mir, weil ich den anderen aus irgendeinem Grund am verdächtigsten vorgekommen bin, keine Ahnung, weshalb, die langen Haare vielleicht, oder weil ich immer pleite war.

Bei Pesche hatte ich nun genau dasselbe Gefühl wie damals. Du wirst wegen was beschuldigt, das du nicht getan hast. Und dann hast du tatsächlich so etwas wie ein schlechtes Gewissen für jemand anderes, obwohl du nicht mal weißt, für wen. Es ist eine Art stellvertretendes schlechtes Gewissen, für all den Mist, den du früher gemacht hast, und für all den, den du bestimmt irgendwann mal noch machen wirst. Und gleichzeitig spürst du eine Wut im Bauch. Aber es ist eine verklemmte Wut, eine, die du nie richtig rauslässt, sonst machst du dich nur noch verdächtiger.

Ich ging. Und jetzt meint Pesche auch noch, er sei ein sozialer Typ, weil er mich nicht anzeigt, weil er die Sache auf seine Art regelt. Jetzt muss ich ihm auch noch dankbar sein. Dabei ist auch Pesche nicht ganz koscher, wenn man eine feine Nase hat, riecht man das. Es ist unglaublich. In solchen Momenten könnte ich heulen vor Verzweiflung. Nur nicht dran denken. Nur ja nicht dran denken.

Ich also nach Hause, noch etwas Roten genommen, nicht zu wenig. Danach kippte ich um und pennte auf dem Sofa ein. Wie ich erwache, ist es Sonntagmittag und ich hab ein steifes Genick wie noch nie. Zuerst mal ein paar Treupel, Schachtelkäse mit Brot, eine warme Dusche, dann Zähne putzen und rasieren, hab ich mir gedacht. Dann rief ich Regula an.

Hey Regi, sag mal, ist Buddy am Modellfliegen?

Ja. Warum fragst du?

Könnte ich dich kurz sehen?

Nein, jetzt geht es nicht, hab Besuch. Die Schwester mit den Kindern.

Regi, hast du eine Ahnung, was passiert ist, dass mich Pesche nicht mehr ins Maison reinlässt?

Das weißt du wohl besser als ich.

Woher kommt jetzt plötzlich dieser unheilschwangere Unterton in Regulas Stimme?

Mensch, Regula, du glaubst doch wohl nicht, dass ich, dass ich was mit dem –

Keeper, ich muss jetzt Schluss machen, ich hab Besuch. Sorry.

Warte, Regula, wart –

Und das war's.

Manchmal muss man sich kneifen, auch wenn man nicht weiß, wozu. Am Nachmittag ging ich wieder ins Spital, zu Uli. Haben zusammen Backgammon gespielt und von früher geredet. War gut. Hat beiden gutgetan.

Musst nicht bescheißen!

Wie bescheißen? Fünf und vier gibt neun, fünf und vier gab bisher immer neun!

War das wirklich eine Vier?

Schaust du die Würfel an oder nicht? Klar war es eine Vier.

Ich sag nichts mehr. Der Uli grinst wie einer, der stolz ist, dass er einen Kumpel reingeleimt hat.

Also war es eine Vier?

Ich sag's doch.

Von mir aus war es keine Vier.

Keeper, was meinst du, hab ich ne Chance?

Was für ne Chance?

Das ich wegkomme, dass ich es bleiben lassen kann.

Nein.

Es gibt eine Pause, und Uli schaut mich an wie jemanden, den man schon lange nicht mehr gesehen hat.

Warum sagst du das, Keeper? Warum sagst du einfach so nein. Warum sagst du nicht, dass du es auch geschafft hast, also dass ich es auch schaffen kann.

Ich weiß doch auch nicht. Frag doch nicht solche Sachen! Jetzt musst du erst mal gesund werden. Was danach wird, wird man sehen.

Aber du hast es doch geschafft.

Hör doch auf. Ich bin noch nirgends. Ist ja auch egal. Insistier nicht. Ich mag heute nicht über das reden. Hab Kopfschmerzen.

Danke, dass du gekommen bist.

Komme morgen wieder.

Tschüss, Keeper.

Tschüss.

Uli tut mir leid. Klar ist er selber schuld. Kein Junkie der Welt muss einem leidtun, keiner. Andererseits, wenn du mit einem aufgewachsen bist, die gleichen Geschichten erzählen kannst, die gleichen Straßen zur gleichen Zeit entdeckt hast, die gleichen Fehler zusammen gemacht hast, dann ist das was, das dich ins Grübeln bringt. Gut, Uli ist ein Junkie, daran gibt es nichts zu rütteln, aber er ist auch ein alter Kumpel, eine Art Freund, das kann man auch nicht einfach verdrängen. Vor allem, wenn man daran denkt, dass er in der Schulzeit der Coolste von allen war, die coolsten Locken, die coolste Lederjacke, das coolste Moped und Erfolg bei den Mädchen wie sonst keiner. Also wenn man das alles zusammenzählt und ihn heute anschaut, muss er einem fast leidtun.

Ich tu mir ja selber auch leid. Leider. Selbstmitleid ist das Niederste. Wenn du anfängst, dir selber leidzutun, dann kannste aufhören.

Ein paar Tage später ist der Gross, unser Zivilfahnder, auf der Matte gestanden, in seiner ewig gleichen grauen Reporterjacke und dieser Brille, die einen immer so an den Ostblock erinnert, will sagen, an diese Agentenfilme, in denen Leute aus dem Ostblock drin vorkommen. Und diese Ost-Agenten in diesen Filmen tragen immer solche Brillen wie der Gross. Hat ausgeschaut, als hätte er die letzte Nacht kaum geschlafen. Kennt mich schon lange, der Zivilfahnder Gross. Haben uns schon oft gegenseitig geholfen. Sind eigentlich schon beinahe ein Team, der Gross und ich. Doch, das stimmt, wir arbeiten ziemlich gut zusammen, nur dass er bei der Schmiererei einen einträglichen Monatslohn hat und ich höchstens ein paar Einträge. Doch dieses Mal ist es nicht um Teamwork gegangen, dieses Mal war er ernsthaft wütend.

Bist schon wieder im Geschäft, Keeper? Schnell gegangen.

Herr Gross, entschuldigen Sie, ich will kein Aufhebens machen, aber wenn man meinen Zahltag mit Ihrem vergleichen würde, und danach noch die Pension und den bezahlten Urlaub und alles dazurechnet, dann sieht man auf den ersten Blick, wer von uns beiden wirklich im Geschäft ist und wer eher nicht.

Keeper, wenn ich du wäre, würde ich dieses Mal nicht allzu große Sprüche wagen.

Wenn ich doch sage, ich hab nichts gemacht. Schauen Sie mich an, Herr Gross, schau ich aus wie ein Gangster? Sie haben doch ein Flair für Menschen, Sie können das doch beurteilen.

Ich erwarte dich morgen um halb zwölf auf dem Posten.

Pesche hat also doch gequatscht. So eine Ratte. Was muss dieser Krüppel mich ins Spiel bringen, wenn in seiner versifften Kneipe jemand Sugar deponiert und die Fahnder Wind davon kriegen? Sagt einfach meinen Namen, damit er was gesagt hat, der Volldepp.

9.

Auf dem Posten gab's ein Protokoll, welches ich unterschrieb, und Gross, der Fahnder, war wütend, weil er meinte, ich hätte ihn brandschwarz angelogen, und ich hab ihm zum Abschied die Hand hingestreckt und er hat mir die seine tatsächlich gegeben und auf Wiedersehen und danke.

Möglicherweise war der Gross ja auch gar nicht auf mich wütend, sondern auf sich selbst, weil er so einen Job hatte und mit solchen wie mir lange Nachmittage wegen ein paar Grämmchen diskutieren muss und er doch eigentlich eine Begabung hätte, etwas Bedeutenderes zu tun im Leben.

Gut, wenn du genug mit der Schmiere und den Richtern und den Behörden und ähnlichem Personal zu tun hattest, dann spielt es nicht mehr wirklich eine Rolle, ob du die Wahrheit sagst oder nicht. Glauben schenkt dir sowieso keiner mehr, außer vielleicht deine Katze, wenn du eine zu Hause hast, Katzen sind die Einzigen, die glauben, die glauben nämlich jedes Mal, wenn du nach Hause kommst, es gäbe was zu fressen.

Ich jedenfalls habe niemanden angelogen. Das hab ich dem Gross auch gesagt. Die Wahrheit ist immer ziemlich relativ. Und wenn jemand sagt, Keeper, sei ehrlich zu mir, weil ich bin auch ehrlich zu dir, oder so was, dann frag ich zuerst mal zurück, was das denn genau sei.

Was ist ehrlich? Ist es ehrlich, wenn du jemandem, der einen hässlichen Ausschlag im Gesicht hat, sagst, entschuldigen Sie, Sie haben einen wirklich hässlichen Ausschlag im Gesicht. Ist das ehrlich? Objektiv betrachtet ist das vielleicht ehrlich, aber gleichzeitig völlig überflüssig. Wenn mir einer, bevor er zum Thema kommt, versichert, er wolle ehrlich zu mir sein, er sei halt immer ehrlich, dann klingelt was bei mir im Oberstübchen, dann sag ich mir, Achtung, ein Ehrlicher, mach dich auf was gefasst, Keeper, jetzt geht dann gleich die Post ab.

Und mit der Wahrheit ist es dasselbe. Wenn ich dem Zivilfahnder Gross sage, ich habe mit den paar Grämmchen, die im Maison gefunden wurden, persönlich nichts zu tun, dann ist das meine Wahrheit. Und natürlich gäbe es vielleicht noch eine andere Wahrheit, weil ich weiß natürlich schon, wem die Briefchen wohl gehören könnten und wer in Schummertal wie viel dealt und zu welchem Preis und woher sie es haben und all das. Das war schon klar, aber das war gar nicht das Thema. Gross wusste das natürlich auch, aber was wollte er machen? Im Dorf wird alles in allem so einiges umgesetzt, und er rennt den Krumen nach, und wenn er einmal einen erwischt, dann ist es höchstens so ein Tagedieb, der ein wenig zu blöd war, aber bereits die, die im Organigramm eine Stufe höher stehen als die untersten Deppen, bereits an die kommt der Gross nie heran.

Keeper, du weißt etwas.

Ich weiß zweimal nichts, Herr Gross, tut mir extrem leid, doch es ist so.

Erzähl keinen Mist, Keeper. Ich weiß, du weißt was.

Ich weiß, dass ich Lust habe auf einen Kaffee und eine Zigarette.

Wenn du mir sagst, was du weißt, lass ich Kaffee kommen und lass dich vielleicht ausnahmsweise mal in meinem Büro rauchen.

Wenn ich etwas wüsste, hätte ich es schon lange gesagt, Herr Gross, ich will doch auch nicht, dass Sie wegen mir Überstunden machen müssen, und zu Hause wartet schon Ihre Frau mit dem Mittagessen, und mir ist es ja auch gar nicht recht, wenn Sie wegen mir zu spät nach Hause kommen und Ihre Frau enttäuschen, die vermutlich wunderbar kocht.

Der Gross muss sich ein Grinsen verkneifen. Komm schon, Keeper, leg los, sag doch einfach die Wahrheit. Das kann doch nicht so schwierig sein.

Welche Wahrheit wollen Sie hören?

Es gibt nur eine Wahrheit.

Das ist eine gewagte These, Herr Gross. Soll ich Ihnen mal was erzählen? Als wir früher als Schüler beim Reitplatz hinten Fußball spielten, haben wir, um die Tore zu kennzeichnen, meist ein paar Schulranzen auf den Boden gelegt. Was meinen Sie, wie oft dann bei den halbhohen Schüssen nicht klar war, ob der Ball drin war oder nicht.

Der wäre rein!, sagte der, der geschossen hatte.

Der wäre an den Pfosten, sagte dann der, der im Tor stand.

Ja, aber Innenpfosten und dann rein, so der Erste.

Nein, Pfosten und dann ins Aus, so der Torwart.

Und beide haben sie die Wahrheit gesagt, aus ihrer Warte. Und doch haben sie sich vorgeworfen, sie seien elende Unwahrheitler. Das war ein Wahrheitsproblem. Aber es war nicht ihr Fehler. Nein, es war der Fehler der Gemeinde, die nicht auf die Idee kam, uns Kindern damals ein paar richtige Tore hinzustellen. Deshalb wurde aus unserer Generation ja auch nichts Rechtes. Jedenfalls in sportlicher Hinsicht. Das ist auch eine Wahrheit, verstehen Sie, was ich meine?

Noch einmal musste sich der Gross das Lachen verklemmen, glaubte ich. Aber danach wurde er gleich wieder ernst: Du hast auch beim letzten Mal nur Blödsinn erzählt, aber gebracht hat es dir trotzdem nichts. Wenn du dich wenigstens bei mir ein wenig normal aufführen könntest, dann könnte ich dir vielleicht helfen, ehrlich, Keeper. Weißt du, bei dir hab ich immer den Eindruck, dass du andere deckst, weil du glaubst, das sei deine moralische Verpflichtung. Aber eines hast du noch nicht begriffen: Diejenigen, die du deckst, haben keine Moral, die lachen über dich.

Oho, jetzt aber, Herr Gross, hat Manitu gesprochen. Der Herr erbarme sich. Wenn wir von Moral reden wollten, dann müssten wir uns zuerst mal überlegen, wessen Moral gemeint ist. Ist die Rede von der Moral von denen, die sie erfunden haben, oder reden wir von der Moral von denen, die im Namen der Moral an die Kasse kommen?

Und an dieser Stelle verlor er die Geduld und sagte, ich solle das Protokoll unterschreiben und dann könne ich gehen und wir hörten gewiss noch voneinander.

Gut, in dem Fall auf Wiedersehen, Herr Gross, und danke für die Geduld.

Wiedersehen.

Und noch eine Wahrheit: Verlass mal bei Tageslicht in Schummertal den Polizeiposten, ohne dass dich jemand sieht, der dich kennt. Kannste vergessen.

Guten Tag, Frau Hofstetter.

Guten Tag, Keeper, wie geht's?

Gut, danke, geht gut, immer im Schuss, habe eben eine Anzeige gemacht.

Ach was, Sie, Sie haben Anzeige erstattet.

Jawohl, hab ich, erstattet hab ich.

Und das glaubt dann natürlich keine Sau, und die Hofstetterin sowieso nicht. Das ist die Letzte, die etwas Positives über mich denken könnte. Was will man tun. Was will man machen? Nichts, nur nicht daran denken.

Wegen dem Blödsinn musste ich anderthalb Stunden früher von der Arbeit weg. Für diese Zeit bezahlt mich keiner, sorry. Und jetzt noch mal in die Bude, nur damit ich mich noch einmal blicken lasse, bringt natürlich auch nichts, also lass ich es bleiben.

Ich fahr per Anhalter nach Olten. Olten ist eine traurige Stadt, furchtbar traurig, und doch ist Olten ein wenig besser als Schummertal, weil in Olten kennen mich nicht alle. Mir macht es nichts aus, wenn eine Stadt traurig ist. Im Gegenteil. Es ist mit den Städten wie mit Geschichten, die traurigen sind nicht immer die schlechtesten.

Nach ungefähr einer halben Stunde nimmt mich endlich so ein Renault mit, ein Typ, der ausschaut wie ein Lehrer, aber später, wenn du ein wenig mit ihm schwatzt, ist es gar kein Lehrer, es ist ein Vertreter einer Uhrenfirma vom Welschland, einer, der sagt, er nähme ab und zu Anhalter mit, weil es nämlich langweilig sei, immer alleine im Wagen zu sitzen.

Bis Rothrist können Sie mitfahren, dort muss ich auf die Autobahn.

Sehr gut. Merci. Bis Rothrist ist tipptopp, von dort schau ich selber weiter.

Es macht Spaß, einem Welschen zuzuhören, der Deutsch spricht.

Und in Rothrist warte ich höchstens zehn Minuten, dann nimmt mich so ein Cherokee mit, eine mit ziemlich viel Schmuck an den Händen, die ihre Tochter in Olten vom Ballett abholen muss. War nicht viel älter als ich, die im Cherokee, vielleicht sogar jünger. Plapperte viel, aber ich hörte nicht zu, sagte immer nur ja und studierte an was herum. Als ich nämlich diese Frau anschaute mit ihrem teuren Schmuck und ihren feinen Kleidern, da ging mir auf, dass ich selbst vom Alter her schon Töchter haben könnte, die ins Ballett gehen und die man mit dem Wagen hinbringen und abholen muss. Und dass ich dann möglicherweise auch so einen Jeep Cherokee hätte und eine gepflegte Frau, die Zeit hätte, unsere Töchter herumzufahren und Anhalter mitzunehmen, und dazu so viel plappern müsste. Aber das war kein guter Gedanke.

Hier, hier können Sie mich rauslassen, da ist genau richtig.

Hier kann ich nirgends anhalten. Hier ist überall Halteverbot, es ist einfach abnormal. Man darf ja als Automobilist bald gar nichts mehr, außer Bußen und Steuern bezahlen. Und dabei hätte die Polizei weiß Gott Besseres zu tun, was man nur schon alles im Fernsehen sieht, aber nein, immer gegen die Autofahrer.

Ja, ich meine nur, von jetzt an können Sie mich dort rauslassen, wo Sie halten können. Gut, vielen Dank, danke schön, tschüss.

Dort, wo sie mich rausgelassen hat, stehen sie schon am frühen Abend. Frauen von hier, Frauen von Ländern, die weiter östlich liegen, Österreich oder Russland oder so, Frauen aus Afrika, Frauen von weiß nicht woher.

Klar, je nachdem welchen Beruf du ausübst, kommt es gar nicht so drauf an, ob du von hier oder von anderswo bist. Fremd bist du ohnehin. Ich meine, ich habe mehr als eine gekannt, die in diesem Business tätig ist. Will gar nicht zu viel davon labern. Und wenn du auf Gift bist, machst du so manches. Klar sind nicht alle süchtig. Ein paar machen es aus anderen Gründen, natürlich. Gründe gibt es genug. Und Typen, die dafür bezahlen, mal ein wenig an einer Frau zu riechen, gibt es auch genug, sonst gäbe es diesen Job nicht. Das sollte man nicht bewerten. Das ist vermutlich auch ehrlich. Und vielleicht gibt es noch schlimmere Arten, ehrlich zu sein. Doch was ich sagen will: Plötzlich stehst du in Olten an dieser Straße, siehst die Frauen, siehst diese Karossen, die anhalten, eine mitnehmen oder auch nicht mitnehmen, und dann geht dir so einiges durch die Birne und du denkst an all die Frauen, die du schon gehabt hast, und an die, die du nicht gehabt hast, und an die, die du nie haben wirst. Und danach denkst du an die Frauen, die dir von der Straße erzählt haben, und dann schaust du, was auf so einem Strich abends so alles abgeht, und dann wünschst du dir, du wärst nie aus deinem Dorf und nie aus deiner Kindheit raus und es wäre alles noch wie damals, als dir deine Mutter vor dem Einschlafen ein Lied gesungen oder dir der Vater eine Geschichte erzählt hat und danach das Licht gelöscht und alles, alles, was du vom Leben wusstest, hatte noch einigermaßen Platz in deinem Kopf, dein Bettzeug roch nach frischer Seife und vielleicht noch etwas nach dir und sonst nach gar nichts.

Olten hat bessere Ecken. Ich machte, dass ich wegkam. Ich ging mit einem Teil des Geldes, das ich sonst für das Zugticket ausgegeben hätte, flippern.

Ich weiß nicht, wie es anderen geht, aber ich kann mit einem Zweifrankenstück flippern, bis mir die Handgelenke schmerzen. Kannst mir jeden Automaten hinstellen, nach drei Kugeln hab ich gecheckt, wie es läuft, und nach zwei mal drei Kugeln hab ich ein Freispiel, garantiert.

Ich mag vor allem die alten Automaten, die ein wenig mit einem reden. Hit Gate One! Hit the Multiball Target! Well Done Player One! Go for the Jackpot!

Ich stelle mir dann vor, da sitze so ein kleines Männchen im Kasten drin, irgend so ein lieber Zwerg, der sehr gut Englisch spricht und einen mag und der einem ein wenig helfen will, einfach so, nur weil er einen mag.

Doch mir hilft keiner. Mir hilft kein Kleiner und kein Großer, nicht einmal ich selbst kann mir helfen.

Nach Hause nehm ich den Zug und in Schummertal am

Bahnhof noch ein paar Bier mit den Deppen, die sowieso immer dort sitzen und Bier nehmen und warten, bis die Zeit vergeht, und wahrscheinlich nicht einmal unzufrieden sind damit, weil früher oder später vergeht die Zeit immer. Und wie ich mich endlich schlafen lege, geht es mir schon fast wieder gut bis sehr gut.

10.

Es vergingen circa zwei Wochen, bis Regula wieder mit mir redete.

Ich hab sie noch ein paarmal angerufen, auf sie eingeredet und geschworen, ich hätte nichts mit diesem Scheiß im Maison zu tun und ich sei aus allem raus, das irgendwie mit Gift zu tun habe, außer, dass ich noch Uli und Marta kenne, aber dagegen könne man nichts tun, weil Freunde sind Freunde und die beiden seien die Einzigen, die ich hätte und zwar seit dem Kindergarten, und sie, Regula, solle mir doch um Himmels willen glauben, wenn mir doch sogar die Polizei glaubt, das sei ja nicht nichts, wenn man das genau bedenke und so weiter.

Und dann hat sie endlich also gut gesagt und sie gehe am Samstag mit ihrem Patenkind auf die Eisbahn und wenn ich wolle, solle ich doch auch mitkommen, dann könnten wir ein wenig Schlittschuhlaufen und reden, und sie lade mich zu einem Punsch ein, das tue mir sicher gut.

Angefangen hat es dann nicht so schlecht. Hab ein Paar Schlittschuhe gemietet und sofort bemerkt, dass ich es noch einigermaßen draufhab. Das ist wie beim Rauchen, wenn du es mal richtig gelernt hast, dann verlernst du es nie mehr völlig. Doch dann, als wir Regulas Patenkind ein wenig rumhampeln ließen und am Rand rumgestanden sind, will sie plötzlich schon wieder wissen, weshalb ich eigentlich in Witzwil gewesen bin.

Weißt du was, Regi, ich rede einfach nicht so gerne darüber.

Aber vielleicht hast du mal im kirchlichen Unterricht oder in der Sonntagsschule gehört, was ein Sündenbock ist. Auf den Sündenbock haben die alten Israeliten das ganze Gerümpel aufgeladen, das sie belastet hat, natürlich symbolisch gesehen. Dann haben sie ihn in die Wüste hinausgejagt. Und ist dieser Bock dann, vollgeladen mit den Sünden und der Verlogenheit und allen Verbrechen der Menschen, in diese Wüste rein, hat er dort nichts zu saufen gefunden und ist verdurstet und natürlich nie wieder zurückgekommen, und die Leute freuten sich und sagten, jetzt ist es gut, jetzt ist das ganze Gerümpel mit dem Bock zusammen in der Wüste geblieben und wir, wir sind befreit. Bravo, Sündenbock!

So ungefähr ist es mir ergangen, nur dass ich die Rolle des Bocks hatte, obwohl ich gar kein Bock bin, sondern der Keeper, und dass meine Wüste im Seeland war, genauer in Witzwil, und keiner hat bravo gesagt, im Gegenteil.

Ob ich denn andeuten wolle, ich sei für andere gesessen, und weshalb denn? Für wen?

Siehst du, Regi, das sind genau die Fragen, die heute keinen mehr interessieren. Deshalb rede ich nicht mehr davon.

Aber mich, Keeper, mich interessiert solches, sagte Regula.

Und da legte ich ihr den Arm um die Schulter, um zuerst mal ein wenig Intimität zu schaffen. Aber dummerweise ist gerade in diesem Moment ihr Patenkind sozusagen auf Eis gegangen und dann sofort heulend zu ihr gekommen, weil es sich das Knie angeschlagen hatte oder das Schienbein oder was auch immer, und so haben wir das Thema gewechselt.

Nach dem Schlittschuhlaufen brachte sie das Kind wieder zu ihrer Schwester zurück. Ich hab sie begleitet und sie gefragt, ob ich sie zum Abendessen einladen dürfe.

Hast du wieder Geld?

Hätte ich gefragt, wenn ich kein Geld hätte? Müssen ja nicht ins Fünfsterne-Viktoria-Jungfrau. Können zum Beispiel bei mir zu Hause, ich koche was.

Aber Buddy wartet.

Ich tat so, als müsste ich ein wenig an Buddy rumstudieren. Und dann plötzlich: Ach ja, der Buddy, der Buddy, den hätte ich fast vergessen. Warum vergisst du ihn eigentlich nicht?

Darauf hatte sie keine schnelle Antwort, und das hat mich bereits gefreut, weil, hast du keine spontanen Argumente, um mit jemandem zusammen zu sein, dann ist es gut möglich, dass diese Beziehung gar nicht mehr so viel bringt und dass du dir mal überlegen solltest aufzuhören. Das sagte ich Regula nicht, aber der Gedanke fuhr gut ein.

Ließ mich dann an diesem Abend etwas fallen, muss es zugeben. Versackte mit Stofer in der Brauerei. Der Stofer ist ein armer Kerl, so ein erfolgloser Grämmchendealer, den ich auch noch von früher her kenne und von dem schon in der Schulzeit klar war, dass er es mal schwer haben würde, weil er schon damals getriezt wurde. Der Stofer hat kaum Freunde. Pesche schaut manchmal zu ihm, Uli, als er noch konnte, und sonst noch zwei, drei solche Gestalten. Aber das heißt natürlich nicht, dass man deswegen so lange in der Brauerei sitzen bleiben muss und sich so viele Geschichten anhören und so viele Becher reinkippen. Nun, der Stofer ist einer, der bei mir Mitleid erweckt, vielleicht zu Unrecht, weil man wahrscheinlich gar kein Mitleid haben muss mit ihm, und falls doch, nützt ihm mein Mitleid auch einen feuchten Dreck.

Immerhin kann ich sagen, ich hab dem Stofer nie was geschuldet und er mir auch nicht. Das ist auch nicht nichts. Das kannst du nicht von jedem sagen.

Weißte was, Keeper, du solltest etwas besser auf dein Karma achten. Dir ist von der Materie vieles aufgeladen worden. Aber die Materie kann nur denen was aufladen, die es auch tragen können. Und haste ein gutes Karma, dann spielt es keine Rolle, was früher war. Dann ist alles gelöscht. Dann zählt nur noch der Weg, der von jetzt an in deine innere Mitte führt. Weißte, was ich meine?

Mir ist der Stofer nicht unsympathisch, aber manchmal dünkt es mich, ich sei jetzt langsam in einem Alter, in dem du nicht mehr immer allen anderen die Schuld geben kannst. Was mich am Stofer ein wenig fertigmacht, ist das langweilige Esoterik-Gebrabbel, das er ständig rauslässt. Ich mein, sorry, Materie, Geist, Karma, Wiedergeburt und so, das mag ja interessant sein für die, die Freude daran haben, aber ich bin schon manchmal auf die Welt gekommen und zwar gerade hier, in diesem Leben. Das sagte ich auch dem Stofer. Hör mal, Stofer, wenn du so oft auf die Welt kommst wie ich, so ich zu ihm, dann kann dieses ganze Wiedergeburtszeugs keine Hoffnung sein. Behalt's doch lieber für dich.

Ich weiß, ich weiß schon, das ist jetzt etwas oberflächlich argumentiert. Wohingegen, nach vier Stunden Bierhaus, nach vier Stunden innere Mitte und Seelenwanderung, nach vier Stunden Stofer-Vorlesung und nach so vielen Bechern, wie wir gehabt haben, würde ich gerne sehen, wer genau da noch differenzierter argumentieren möchte oder könnte.

Weißte was, Stofer, bestell noch ein Bier, wenn du schon am Reden bist.

Und plötzlich, mitten in diesem sinnlosen Geschwurbel von Sphäre und Weltgeist und Materie, sagt Stoferchen, er habe übrigens ein Haus geerbt, in Spanien unten, in einem Dorf am Atlantik, ein altes Herrenhaus, von seinem Onkel. Es sei alt, aber groß und solide, dicke Steinmauern und so. Und wenn ich mal Zeit und Lust habe, können wir zusammen runterfahren.

Fiel mir natürlich gleich dieses Buch ein, das ich kürzlich gelesen hatte, das von diesen Typen, die ein Haus erben, irgendwo in Amerika in den Südstaaten. Und dass es ihnen damals nicht nur gutgegangen ist, als sie dieses Haus hatten. Das versuchte ich Stofer zu erklären. Sowieso sinnlos, weil der liest nie und nimmer einen Roman. Der liest höchstens diese Gespensterheftchen vom Kiosk oder sonst sein Hallodrizeugs von Seelenwanderung und so, das sind zwar manchmal auch Bücher, aber ich zähle so was nicht zu den Büchern.

Was erzählst du da? Du hast ein Haus geerbt?

Sag ich doch.

Von einem Onkel?

Von einem Onkel.

In Spanien?

In Spanien am Atlantik.

Ein gutes Haus? Kann man es brauchen?

Schon.

Und es gehört dir?

Ich sag es doch die ganze Zeit! Hörst du mir nicht zu, Keeper?

Und klar, auf dem Heimweg hab ich noch lange daran herumgedacht. Weshalb erbt ausgerechnet der Stofer eine Hütte? Oder hat er in seinem Rausch wieder einmal nicht mehr gewusst, was ihm zum Mund rausrinnt? Aber welchen Grund gäbe es, so was zu erfinden? So was erfindet man nicht.

Wär jedenfalls nicht schlecht, einmal ein bisschen Spanien, wieder einmal ein bisschen Meer und Olivenbäume oder was immer für Bäume dort rumstehen, und vor allem: ein anderer Klang in der Luft. Ich verreiste nämlich schon ewig lange nicht mehr. Und Schummertown ist ja, wenn man es von nahe betrachtet, nicht unbedingt ein Ort, der von sich aus Ferienstimmung generiert.

Nur seltsam ist es trotzdem, der Stofer hatte bisher nie erzählt, dass er dann mal irgendwas erben könne, hat nicht einmal erzählt, dass er in Spanien Verwandte hat. Der Stofer und ein Haus in Spanien, das klingt irgendwie eigenartig. Und wie ich das denke, vermischen sich die Gedanken mit Bildern aus so einem Ferienkatalog, Strand, Wasser, Sonne, Strand, Wasser, Strand, und damit schlafe ich ein.

11.

Hast du eigentlich gewusst, dass der Eso-Stofer in Spanien unten ein Haus geerbt hat? Er hat mir erzählt, sein Onkel sei gestorben und habe ihm ein Haus vermacht.

Uli hat noch immer so eine Infusion drin. Aber wenigstens ist die Farbe in seinem Gesicht etwas besser.

Ja, sagt er, ich weiß.

Wie? Du hast das gewusst? Du hast gewusst, dass er am Atlantik eine ganze Hütte geerbt hat, und hast mir nichts davon gesagt? Hey, Alter, was ist los mit dir, wieso erzählst du mir das nicht?

Stofer hat es mir glaub ich mal erzählt, als du noch in Witz gesessen hast. Ich hätte es unterdessen beinahe wieder vergessen. Aber wenn es mir eingefallen wäre, hätte ich es dir auf jeden Fall erzählt.

Verdammt, Uli, das hättest du mir doch gleich sagen sollen. Dort gehen wir hin. Dort machen wir den nächsten Urlaub. Überleg doch mal, Spanien, das Meer, der Wind vom Meer. Der getrocknete Schinken, den sie dort haben, und danach der trockene Sherry und die grillierten Sardinien und überhaupt das alles zusammen!

Er wolle doch jetzt nicht an solchen Dingen rumstudieren. Und abgesehen davon wisse er ja nicht mal, wie lange er noch im Spital bleiben müsse.

Du hast also gewusst, dass der Eso-Stofer einen Onkel in Spanien hatte? Kann mich nicht erinnern, dass er je von diesem Onkel erzählt hätte.

Doch, doch, das habe ich glaube ich schon gewusst, irgendwie, der Pesche hat es glaube ich mal erzählt, kann mich nicht so genau erinnern.

Welcher Pesche? Der vom Maison?

Ja, genau der, oder vielleicht sonst wer, ich weiß doch auch nicht mehr. Frag nicht so viel, Keeper, ich hab Schädelbrummen, und wenn ich immer Fragen beantworten muss, wird es nicht besser.

Uli tut ein wenig so, als würde es ihn gar nicht so richtig interessieren. Das verwundert mich nicht zu knapp. Er redet ähnlich wie Regula kürzlich, als ich sie anrief und fragte, was los gewesen sei mit dem Zeugs, dass sie im Maison auf der Toilette gefunden hätten. Regi hat dann auch so geredet, so wie jemand redet, der nicht ganz bei der Sache ist, der beim Reden schon an das denkt, was danach kommen könnte.

Uli, leck mich doch! Ein eigenes Haus am Meer! Hoffentlich verblödelt er es nicht. Dem Stofer ist mehr oder weniger alles zuzutrauen, der kommt plötzlich noch auf die Idee, dort ein Seelenzentrum einzurichten mit Räucherstäbchen und einer Seelenwanderungsbibliothek und dem ganzen Programm. Der ist imstande, das Haus irgend so einem Guru oder sonst einer Seelenbewegung zu verschenken. Ich hätte mir das nie gedacht, aber das mit diesem Haus macht mich richtig nervös.

Mach doch nicht so ein Riesending daraus, Keeper. Vielleicht ist dieses Haus auch nur eine Ruine, in der man gar nicht wohnen kann. Du kennst doch Stoferchen.

Eben weil ich ihn kenne, fast zu gut. Übrigens, Uli, was meinst du, können wir nicht kurz ne Zigarette rauchen, wenn wir die Fenster öffnen? Mehr als beschweren können sie sich ja nicht.

Von mir aus, aber du übernimmst die Verantwortung.

Wir haben es dann trotzdem bleiben lassen, wegen dem, der neben Uli lag und an eine Sauerstoffmaschine angeschlossen war. Wollte ja nicht riskieren, dass der durchdreht, obwohl, vielleicht war es ja ein Exraucher, der sich gefreut hätte, wenn er wieder einmal Rauch gerochen hätte. Wär jedenfalls möglich gewesen, aber ich hätte es trotzdem nicht darauf ankommen lassen wollen.

Wurde ein wenig leiser und fragte Uli, ob er mitbekommen habe, dass sie neulich im Maison auf der Herrentoilette was gefunden haben, ein kleines Depot, und dass sie danach auf mich los sind, obwohl ich von nichts eine Ahnung hatte.

Nein, habe er nicht gewusst.

Marta hat nichts erzählt?

Nein. Keine Ahnung.

Und du weißt in dem Fall auch nicht, wem dieser Sugar gehört hat?

Nein.

Weißt du, dass der Gross, der Fahnder, zuerst mich im Verdacht hatte? Zum Glück ist das noch einer von diesen Typen, die einem zwischendurch auch mal was glauben, sonst wär ich jetzt noch mehr in der Scheiße.

Der Gross ist nicht sauber.

Das stimmt nicht! Der Gross ist sauber genug, Uli, der Gross hat anderes, das man ihm vorwerfen könnte, aber sauberer als du und ich ist er auf jeden Fall.

Nimm doch den Bullen in Schutz, Keeper.

Ich nehm niemanden in Schutz. Ich sag nur, dass der Fahnder nicht schuld ist, wenn so Halbschlaue wie der Pesche vom Maison herumerzählen, ich hätte bei ihm auf der Toilette Sugar gebunkert. Deshalb sag ich es. Kein Bulle der Welt hätte einem wie mir geglaubt, dass ich nichts damit zu tun hatte. Aber der Gross, der hat es mir geglaubt.

Und? Hast du nicht?

Hey Uli, willst du meine Nerven testen oder wie? Ich hab nicht und würde auch nicht.

Und was hat Gross gesagt, wer es gewesen sei, wenn nicht du?

Was hätte er sagen sollen? Hätte er sagen sollen, er behalte jetzt diesen oder jenen etwas genauer im Auge? Hast du das Gefühl, der Fahnder Gross legt mir seine Akten und seine Strategie auf den Tisch. Uli, mach mich nicht wütend.

Sorry, Keeper.

Schon o.k.

Ich bin dann noch etwa eine Viertelstunde sitzen geblieben. Überlegte mir, wie seltsam das ist, so ein Spital, so ein Ort, wo sie alle gesund machen, damit sie möglichst bald wieder nach Hause gehen können, neue Krankheiten auflesen, neue Unfälle machen und immer so weiter, endlos. Und irgendwann sterben wir doch alle. Aber dann sind naturgemäß schon die Nächsten da, mit

Blinddarm und Bandscheibenvorfall und Herzinfarkt und Hepatitis und so. Auch wenn es uns dann nichts mehr angeht. Weil wir dann ja schon so tot sind, wie man nur sein kann, und das ist dann sehr wahrscheinlich definitiv, auch wenn man sich das fast nicht vorstellen kann, was das genau bedeuten soll. Nur deshalb gibt es ja überhaupt all diese Religionen und diese Typen wie Stofer, die genau wissen wollen, was dahinter ist, hinter dem Leben, und die auf keinen Fall akzeptieren können, dass vielleicht überhaupt gar nichts mehr kommt, also die Leere, das ewige Nichts, das unendliche Loch.

Keeper, mach nicht so ein Gesicht. Man könnte meinen, du hättest Familienprobleme.

Ist in Ordnung. Hab mir nur gerade überlegt, was ich noch zu tun hab, und sollte jetzt eh ein Haus weiter. Komm dann wieder.

Schaust du draußen im Korridor nach, ob mal jemand etwas Kaffee bringen kann?

Ja, Uli, ich schau, tschüss, Uli.

Die nächsten paar Stunden war ich so komisch aufgedreht, fast, als hätte ich selbst ein Haus in Spanien geerbt.

Habe mir vorgestellt, wie das wäre, wenn wir dort unten sitzen würden, schön an der Wärme, in so einem weißen Leinenanzug, der immer genug Luft durchlässt, auf dem Kopf einen schönen Panamahut und in der Hand ein Glas mit diesem trockenen Sherry und ein paar Oliven und in diesen bequemen Korbsesseln, die du manchmal in diesen Wohnkatalogen siehst, wenn sie das

Ferienhaus von jemand Reichem zeigen. Einfach so in einem Korbsessel auf einer Veranda im Schatten sitzen, ohne Hektik. Einfach nur dort sein, warm haben und zuschauen, wie die Sonne ihren Bogen macht und sonst nichts. Verdammt, das wär mal wieder was!

12.

Dieses elende Witzwil geht mir manchmal tagelang nicht aus dem Kopf.

Weshalb ich nach Witz musste, weiß ich eigentlich selbst nicht recht. Regula ist nicht die Einzige, die mich immer wieder danach fragt. Aber, sorry, wie kann ich es erklären, wenn ich es mir selbst nicht richtig erklären kann?

Es war ja damals ziemlich kompliziert. Solche Sachen sind ja fast immer ziemlich kompliziert. Das ist eben genau das, was die Richter nie begreifen wollen, oder wenn sie es begreifen, verdrängen sie es.

Es ist um Kohle gegangen, um ziemlich viel Kohle und um ziemlich viel Stoff, der anscheinend mir hätte gehören sollen, mir aber nicht gehörte, und um eine Reise, bei der ich zwar eine Rolle spielte, aber eine ganz andere Rolle als die, die jener Richter in Aarwangen mir am Schluss zuteilte.

Eigentlich hatte mich ja der Uli reingeritten. Ich sollte mit der Karre einen Freund abholen. Der warte in Pontarlier, hinten im Jura.

Wieso nimmt der nicht einfach den Zug, dieser Freund.

Hat kein Geld.

Aha. Und warum er, Uli, ihn nicht selber abholt?

Keine Zeit.

Aha. Ist etwas nicht koscher?

Etwas sei vielleicht schon nicht ganz koscher, da könnte ich recht haben.

Ob er sich nicht erinnere, dass ich mal gesagt hätte, ich mache mein Ding und er sein Ding und dass es besser sei, wenn es so bleibe.

Das sei schon richtig, normalerweise. Aber wenn ich ihm diesen Gefallen tue und nach Pontarlier fahre und diesen Freund mit nach Hause nehme, dann springe auch was raus für mich. Fünftausend, bar auf die Hand.

Fünf Ameisen? Das ist viel. Das ist so viel, dass man besser nicht zu viel fragt. Ich frag ja gar nichts!

Also hab ich ihn abgeholt, ich Idiot. Ein Franzose oder Araber oder so was. So ein Hippie, aber doch kein richtiger Hippie. Hat mir quergelegen, schon ganz am Anfang. Hab ihn also in Pontarlier getroffen. Er nur Französisch gesprochen. Wie es dem Uli gehe. Und wie es dem Stoferchen gehe. Wie es Pesche gehe.

Ob er den Stoferchen kenne? Und ob er den Pesche kenne?

Nur entfernt, durch Uli.

Und wie wir so reden, merke ich, dass er halb Schummertal kennt. Er sei Kunstmaler. Und dann hat er irgend so ne Geschichte erzählt. Ihm sei die Brieftasche geklaut worden, Ausweispapiere, Kohle, und da er unbedingt nach Schummertal müsse, habe er erst mal Uli angerufen. Es sei sehr wichtig, dass er nach Schummertal komme. Und es sei super, dass ich gekommen sei. Ihm ist seine Story absolut logisch vorgekommen, mir überhaupt nicht. Ich hänge schon viel zu lange mit Leuten rum, die einem ständig solche Geschichten erzählen, um sie noch zu glauben. Nicht dass ich sie nicht mehr hören möchte. Ich hör gerne zu, wenn einer sein Leben neu erfindet. Das Einzige, was mich stört, ist, wenn dann einer von mir will, dass ich alles glaube.

Weshalb er denn so viele Taschen habe, fragte ich den Franzosen. Ob es nicht einfacher wäre, weniger Taschen mitzunehmen und dafür größere? Es käme halt drauf an, wozu sie dienten, lacht er. Für ihn mache es eben mehr Sinn, wenn er verschiedene Dinge in verschiedenen Taschen transportiere.

Ich räumte also seine kleinen Taschen in den Kofferraum und dann fuhren wir über Les Verrières, Neuenburg und Bern nach Schummertal. Ich hatte nicht groß Lust, viel zu reden, und er offensichtlich auch nicht, also schwiegen wir, und ich ließ ein wenig Dylan laufen. Und kaum kommen wir in Schummertal an, bedankt er sich, ich könne ihn rauslassen.

Wo er genau hinwolle? Spiele keine Rolle, ich könne ihn am Bahnhof rauslassen. Dann nimmt er seine Taschen. Aber eine lässt er im Kofferraum meines Renaults liegen, wohl hat er sie einfach übersehen, weil sie irgendwo druntergerutscht ist.

Wie ich am nächsten Tag merke, dass der Franzose nicht alles ausgeladen hat, nehme ich die Tasche mit in die Wohnung rauf, damals wohnte ich noch an der Aarwangenstraße. Noch einen Tag später kommt dieser Franzose vorbei, er habe im Auto eine seiner Taschen vergessen. Keine Ahnung, so ich, mir ist nichts aufgefallen. Es war ein spontaner Impuls. Ich hätte genauso gut sagen können, er solle mitkommen, die Tasche liege bei mir in der Wohnung und alles kein Problem. Aber aus irgendeinem

Grund, der wohl nichts mit dem Kopf und viel mit dem Ranzen zu tun hatte, war mir drum, diesen Franzosen anzulügen.

Wir gingen zum Auto, nachschauen. Keine Tasche dort. Der Franzose wurde ernst, drohte mir, wenn das Zeugs nicht auftauche, hätte ich ein gröberes Problem. Doch ich bin absolut cool geblieben, sagte ohne mit der Wimper zu zucken, ich hätte wirklich keine Ahnung, von was er labere, und ob das jetzt der Dank sei dafür, dass ich ihn in Pontarlier abgeholt habe. Ich kann sonst nicht so gut lügen, aber da ich bereits damit angefangen hatte, musste ich es natürlich durchziehen. Lügen ist etwas, das manchmal funktioniert und manchmal nicht. Und damals ist es gerade sehr gut gegangen. Nur genützt hat es mir nichts. Der Franzose sagte, ich würde ihn noch kennenlernen und es bereuen. Regretter, das war das Wort, das er verwendete, und ich muss also sagen, in seiner Sprache klang es ziemlich bedrohlich, fast so wie im Lied von Edith Piaf.

Am selben Abend kamen die Fahnder zu mir. Kannte nur den Gross. Die anderen waren nicht aus Schummertal, kamen von anderswo, wohl aus Bern, solche, die ich noch nie gesehen hatte, kommen also mit einem Hund. War ein schöner Hund, ein Labrador, gefiel mir, obwohl mir sonst Hunde gar nicht gefallen. Und kaum sind sie drin, tut der Hund wie wild. Ob dies meine Tasche sei. Nein, nicht eigentlich, die gehöre einem, der gerade kürzlich mit mir im Auto unterwegs gewesen sei. Wenn er dann merke, dass er sie vergessen habe, werde er sie sich wohl zurückholen. Was für einer? Name? Adresse? Ich hätte keine Ahnung, aber wie gesagt, der kommt dann sicher nach dieser Tasche fragen. Und dann noch lange so hin und her. Ich verriet nichts, das jemandem Probleme gemacht hätte.

Aber der Franzose kam nicht mehr, und seine Tasche natürlich voller Sugar, und ich, ich voll in der Scheiße. Eine solche Idiotenstory glaubt dir kein Schwein und ein Richter schon gar nicht.

Sie sind also der Meinung, wir sollten Ihnen diese unmögliche Geschichte glauben?

Nein, Sie können glauben, was Sie wollen. Und glauben Sie mir, wenn ich eine bessere Geschichte hätte, würde ich Ihnen die erzählen. Aber es gibt nur diese eine, sorry.

Und später in der Verhandlung in Aarwangen: Hat der Angeklagte in diesem Punkt noch etwas anzufügen?

Ja, Sie, da hätte ich noch einiges anzufügen, keine Frage, und wie ich dem noch etwas anzufügen hätte. Die Frage lautet wohl eher, ob es überhaupt noch Sinn macht, immer weiter zu diskutieren.

Und der Anwalt, so ein schlapper Pflichtverteidiger, den sie mir zugeteilt hatten, flüsterte mir ins Ohr, ich solle das nächste Mal besser nichts sagen als so einen Scheiß.

Dann sag doch du verdammt noch mal was, du bist doch der große Juristen-Profi!

Er könne sich nicht erinnern, dass wir uns duzen würden.

Wenn er wolle, dass ich ihn sieze, müsse er etwas mehr bieten. Da reiche ein feinglänzendes Lederköfferchen und so eine Warenhaus-Krawatte nicht.

Woher haben Sie diesen ominösen Franzosen gekannt?, fragte der Richter.

Und ich sagte ihm, ich wisse nicht einmal, ob es ein Franzose gewesen sei. Das Einzige, was ich wisse, sei, dass er Französisch geredet habe. Aber Französisch könne heutzutage manch einer. Und wenn zum Beispiel einer Englisch rede, dann heiße das ja auch nicht unbedingt, dass er Engländer sei. Wollte einfach ablenken, weil ich Uli nicht auch noch mit reinreiten wollte.

Sie haben meine Frage nicht beantwortet. Woher haben Sie diesen Unbekannten gekannt.

Gekannt habe ich ihn eben nicht, weil hätte ich ihn gekannt, hätte ich ihm gesagt, er solle sich einen anderen Fahrer suchen. Ich bin wohl einfach zu gutmütig.

Kann uns der Angeklagte verraten, warum er zu jeder Frage irgendeine Geschichte erzählt, aber nie die ganze, zusammenhängende einleuchtende Fassung von allem?

Sehen Sie, das ist eben mein Problem. Ich sehe immer nur die kleinen Geschichten. Für die große, zusammenhängende Geschichte, mit Logik und Spannungsbogen und allem, was dazugehört, dafür fehlt mir wohl die Begabung. Oder es interessiert mich einfach zu wenig, weil mich die kleinen Geschichten mehr interessieren. Es tut mir leid, wenn ich nicht das leiste, was Sie erwartet haben.

Vielen Dank, das reicht, Sie können Platz nehmen.

Kurz gesagt, ich habe bei dieser Verhandlung sehr wahrscheinlich zu gewissen Fragen viel zu viel gesagt und zu anderen viel zu wenig. War einfach nicht schlau genug. Dabei hat mir dieser Superanwalt mehrmals erklärt, es gäbe höchstens bedingt, wenn ich von Anfang an alles sage und vor allem, wenn ich keinen Namen auslasse, jeder Name müsse auf den Tisch, alle Fakten sauber und klar ausgelegt werden, dann komme es am Ende gut.

Nur, geh mal vor Gericht und sag, dieser Freund ist übrigens auch noch involviert, und der andere auch und dieser am meisten und ich selbst am wenigsten und das ganze Blabla. Nein, ich meine, ich bin kein Heiliger, nie gewesen. Von mir kann man mehr oder weniger fast alles behaupten. Aber dass ich jemanden vor Gericht verraten würde, das kann niemand behaupten, das würde ich nie machen.

Es gibt vielleicht solche, die das machen, aber das sind selbst arme Kerle, die haben keinen Charakter, weil, mein Vater hat immer gesagt: Wenn du einmal Mist gebaut hast, dann musst du dazu stehen. Und wenn ich, übers Ganze gesehen, von meinem Alten nicht wahnsinnig viel gelernt habe, so muss ich ihm in dieser einen Sache doch recht geben.

Es hat wohl wirklich keinen Sinn, zu lange daran herumzustudieren. Aber wenn mir dieser Franzose – oder Araber oder was er ist – wieder mal begegnet, dann nehm ich ihn am Schlafittchen. Dann muss er mir ein paar Dinge erklären. Ich meine, sorry, ein Jahr ist ein Jahr und Witzwil ist Witzwil.

In ein paar Tagen kommt Uli aus dem Spital raus, und danach geht er in so eine therapeutische Wohngruppe auf Entzug, irgendwo im Emmental. In eine Wohngruppe oder eine Familie, ich hatte es nicht recht mitbekommen, als Marta es mir erzählte. Ich hoffe nur, es sind nicht so Fundis, die ihn bekehren wollen. Es gibt ja schon genug von diesen, und besonders hier, in der Umgebung von Schummertal. Und bei Uli weiß man nie, der wollte ja früher mal, wie gesagt, Theologe werden. Na ja, die Hauptsache ist jetzt wohl, dass er diese Hepatitis einigermaßen losgeworden ist und dass er aus dem gröbsten Chaos rauskommt. Die Gelbe darfst du nicht unterschätzen, wenn du Pech hast, wird sie chronisch.

Als es so weit war, fragte mich Marta, ob ich mitfahren wolle. Der Sozialarbeiter, also der von der Beratungsstelle, der ihn hinführe, habe noch Platz im Auto. Und Uli würde sich freuen, wenn ich mitkäme. Schließlich sei es für alle nicht einfach.

Wann fahrt ihr?

Am Samstagnachmittag, ungefähr um zwei.

Ja gerne, ich komme mit, warum auch nicht? Dann sieht man nebenbei auch noch, wie es dort ausschaut. Und wenn Uli meint, es sei sowieso für nichts, dann können wir ihn ja gleich wieder mit nach Hause nehmen.

Sag so was nicht, Keeper! Er soll es wenigstens versuchen, auch wenn er anfangs vielleicht findet, es sei für nichts. Mindestens ein paar Tage muss er durchbeißen. Der Emmenegger, also der Sozialarbeiter, hat es ihm auch gesagt, hat ihm gesagt, er soll es zuerst versuchen und nicht mit der Einstellung hin, er gehe dann sowieso gleich wieder nach Hause. Das ist eine Chance. Verstehst du? So eine Chance kommt nicht jeden Tag. Und wenn du nicht von Anfang an daran glaubst, geht es eh nicht.

Klar, du magst recht haben, aber mir musst du das nicht erklären, dem Uli, dem Uli musst du das klarmachen.

Das stimmt. Aber wenn du als bester Freund nicht auch mithilfst, dann ist es für mich noch schwieriger, Uli zu überzeugen.

Manchmal finde ich es beinahe lustig, wie vernünftig Marta schwatzen kann. Ich meine, wenn man sie so sieht, so abgemagert und so durchgeknallt, und dann tut sie so, als wäre sie weiß der Teufel wie pflichtbewusst. Das haben viele Junkies so an sich, im Gespräch, dass sie so vernünftig und abgeklärt schwatzen.

Bei Marta hat das ja auch sein Gutes. Wenn sie schon nicht auf sich selbst achten kann, darf sie wenigstens auf Uli achten. Und doch, bei ihr klingt es immer so künstlich seriös. Mir kommt sie manchmal vor wie eine Siebenjährige, die ihrem kleinen Bruder sagt, was er darf und was er nicht darf. Aber, wie gesagt, das haben viele Junkies an sich, die sind ja ständig von diesen Sozialarbeitern und diesen Ärzten und Therapeuten und dem ganzen Personal umgeben und zuletzt schwatzen sie genauso wie die, nur noch ein wenig durchgeknallter.

O.k., Marta, wie gesagt, wenn ihr noch Platz habt im Wagen, könnt ihr mich am Samstag um zwei Uhr abholen. Ich bin zu Hause. Und sonst, wenn der Emmenegger Probleme macht oder nicht bei mir durchfahren will, dann ruf mich an, dann komm ich vorher zu euch raus.

13.

Es klappte alles bestens und circa um sechs fuhren wir aus dem Emmental zurück. Uli hat es wohl auf den ersten Blick gar nicht einmal so schlecht gefallen. Er hat jedenfalls nicht viel gesagt und auch kein Theater gemacht. Und diese Familie, also diese Bauern, das waren keine Fundis, das merkte man sofort, die haben schon oft solche Typen wie den Uli gehütet, die kennen das, die sind eine Art Profis. Das kann man so sagen, weil Junkies hüten ist für einige Bauern einfach ein Betriebszweig mehr, die einen mästen Kälber und haben Raps und andere haben Bergkäse und Ziegen und wieder andere nehmen Junkies. Subventioniert sind sie alle. Und wie gesagt, Uli hat es wohl auf den ersten Blick gar nicht so schlecht gefallen.

Dafür heulte Marta auf der ganzen Heimfahrt leise vor sich hin. Wahrscheinlich hatte sie ein wenig Angst, weil sie nicht wusste, wie's ausgeht und wie lange sie Uli nicht mehr sehen würde. Heul nur, Marta, heulen tut gut, ich würde auch, wenn ich könnte.

Ich blieb dann noch auf ein Glas Rotwein bei ihr, bevor ich nach Hause ging. Nur ein Glas. Wollte nämlich endlich mal meine Wohnung aufräumen und danach in Ruhe etwas Musik hören.

Was ich später am Abend erlebte, war wohl das extrem Beste, was mir in meinem ganzen seltsamen Leben passieren konnte.

Samstagabend elf Uhr. Hab mich beim Musikhören in so einen Halbrausch hinaufgesoffen, so dass ich nicht recht wusste, soll ich mich jetzt gleich hinlegen oder soll ich dieses Räuschchen noch unters Volk bringen. Es klingelt. Ich keine Ahnung, wer es sein könnte, um diese Zeit. Es ist Regula, Tränen in den Augen, zittert und schlottert. Sie hatten gestritten wegen Buddys Eltern, die sonntags zu ihnen auf Besuch kommen wollten. Sie haben von diesem Besuch geredet. Er hat ihr vorgeworfen, sie sei oft nicht nett genug zu seinen Eltern, sie gäbe sich keine Mühe. Er verlangt nun, dass sie sich am Sonntag zusammenreißt. Sie sagt ihm, seine Eltern seien nur Stress mit ihren ewigen Andeutungen von wegen heiraten und so. Sie müsse aufpassen, was sie gegen seine Eltern sage. Deine Eltern sind mir so lang wie breit. Er sagt wieder was, dann sie wieder was, und immer lauter und lauter und immer wütender und noch wütender. Buddy flippt dann irgendwann aus, seine Eltern zeigten sich wenigstens interessiert an seinem Leben, während sich ihre Eltern für gar nichts interessierten. Jetzt müsse er die Schnauze halten, ihre Eltern seien vielleicht empfindungslos oder so, aber wenigstens nervten sie nicht. Und vor allem seien ihre Eltern nicht so verdammt besitzergreifend.

Dann sagt er: Sag das noch mal! Sag das noch mal! Los, sag das noch mal! – Genau mit diesen abgelutschten Deppenworten. So wie ein jugendlicher Volltrottel, der zum ersten Mal in seinem Leben zu viel Alk intus hat und plötzlich den Mut des Besoffenen in sich spürt. Die ganze Zeit habe Buddy diesen Aggro-Unterton drauf gehabt: Sag das noch mal! Sag das noch mal! Sie lachte ihn zuerst mal aus, aber nicht lange, weil er ihr den Arm verdrehte. Sie dann aus der Wohnung, einfach abgehauen, er ruft ihr hinterher, sie brauche in diesem Fall überhaupt nie wieder zurückzukommen und sie sei weiß nicht was alles, und habe ihr noch Schuhe und Handtasche hinterhergeschmissen.

Das alles erzählte sie mir noch an der Tür, ohne einmal richtig Atem zu schöpfen.

Komm rein, Regi, komm erst mal rein, komm, setz dich, warte, ich mach erst mal diese Zeitungen weg. Was hat er? Dich verprügelt? Buddy? Ist ja Horror, das gibt's doch nicht. Setz dich doch hin, bitte schön, entspann dich, Regi. Willst du Tee? Oder nein, warte, ich hole einen Brandy, hab grad einen offen, das ist besser als Tee, gibt keine Flecken auf den Zähnen. Und erzähl noch mal, Regula, in aller Ruhe, wir haben Zeit, erzähl, was geschehen ist.

Aber sie heulte nur noch, konnte gar nichts mehr sagen, also sagte ich auch nichts, ließ Musik laufen und wartete.

Nach einer Weile bittet sie mich um eine Zigarette, und ich seh, dass sie immer noch zittert, und wie ich etwas genauer hinschaue, seh ich, dass sie eine geschwollene Unterlippe hat und unter dem einen Auge eine rote Stelle, die sich langsam dunkler färbt. Es hat mir die Brust zusammengezogen.

Mann, das glaub ich ja nicht, er hat dich ins Gesicht geschlagen, du musst ihn anzeigen.

Ist schon okay, Keeper. Ich bin ja jetzt da. Hier macht er mir nichts.

Am besten zeigst du ihn an. Bei solchen Typen weißt du nie. Ich kenn den Gross gut, den von den Bullen.

Hör auf, Keeper. Lass es einfach.

Warte, sagte ich, rüstete Gemüse und ein paar Kartoffeln und kochte eine Suppe, mit so einer Waadtländer-Wurst, die ich noch im Kühlschrank hatte, und ein wenig Lauch und Karotten. Sie solle was essen, sagte ich zu ihr. Das Wichtigste sei jetzt, dass sie was esse. Und tatsächlich aß sie.

Wie sie genug hatte, bezog ich das Bett frisch und sagte, leg dich hin, ich schlafe im Wohnzimmer und am Morgen schauen wir dann weiter.

Ich kann jetzt noch nicht schlafen, Keeper, bin viel zu nervös.

Macht nichts, leg dich hin und schließ die Augen. Schau, ich hab Melleril und ein paar von diesen Somnitol. Das hilft dann schon, aber darfst nicht übertreiben mit dem Zeugs. Nimmst mal zwei Melleril und dann zwei kleine Brandy und dann wartest du und wenn du dann nicht einschläfst, noch zwei bis drei Somnitol, aber auf keinen Fall mehr, sonst schlägt es dir auf den Magen und dann schläfst du erst recht nicht mehr.

Sie machte es genau so, wie ich es ihr gesagt hatte, und eine halbe Stunde später schlief sie wie ein Tierchen, und ich saß daneben und fragte mich, warum einer nur dann ein netter Kerl sein kann, wenn vorher einer so ein Schweinehund ist wie Buddy.

Neben Regula zu sitzen und ihr zuzuschauen, wie sie schläft, ist vom Feinsten, wohl das Schönste, was so ein abgekämpfter Clown wie ich sich überhaupt vorstellen kann.

14.

Was mir Sorgen bereitet ist, dass Regula die Einzige ist, wirklich die Einzige in meinem ganzen Bekanntenkreis, die nichts mit Gift und dem ganzen Dreck zu tun hat und auch früher nie was damit zu tun hatte, obwohl sie bei Pesche arbeitet.

Ich glaube, wenn ich regelmäßig mit ihr Kontakt haben will, muss ich darauf schauen, dass ich sie nicht allzu sehr in meine Welt hineinziehe. Nein, das wäre nicht gut für sie. Sie hat es schon so nicht leicht, mit so einem Freund und so einem Chef.

Nachdem sie eingeschlafen war, aß ich die Reste der Suppe, die ich ihr gekocht hatte. Früher, als kleiner Knopf, wenn ich Probleme hatte (und ich hatte schon da genug Probleme, ehrlich), sagte Mutter jeweils, ich solle zuerst mal was essen, dann schaue alles schon wieder anders aus.

Aber wie ich gegessen hatte, schaute nichts anders aus. Regula schaute schön und unschuldig aus, wie sie dalag in der Traumwelt meiner Melleril- und Somnitol-Tabletten. Und meine unmittelbare Zukunft schaute nicht so wahnsinnig rosig aus: Bald kein Geld mehr, eine Frau in meiner Falle, die nicht meine ist. Ein paar kranke Freunde und eine wahnsinnige Lust, vor all dem wegzurennen, irgendwo hin, irgendwo, wo es etwas wärmer und ruhiger ist, am liebsten mit Regula, falls sie überhaupt noch erwacht. Aber klar erwacht sie, ich sollte nicht so einen Scheiß denken.

Und wie ich noch eine rauche, fällt mir der Stoferchen ein, und wie er angegeben hat, er habe ein Haus geerbt, in Spanien, ein altes Bauernhaus von seinem Onkel. Und wenn ich mal Zeit und Lust hätte, könnten wir zusammen runterfahren.

Ich muss ehrlich sagen, ich glaube nicht, dass diese Geschichte mit Stofers Haus ganz koscher ist. Weil erstens hat dieser Stofer nie erzählt, dass er einen Onkel hat, von dem er dann mal ein Haus erben könne, und wenn einer immer alles erzählt, manchmal gar mehr als alles, dann war das Stoferchen. Und zweitens vermacht man doch so ein Haus lieber einer Stiftung für arme Kinder oder ledige Mütter oder so und nicht dem schlimmsten Grämmchendealer von ganz Schummertal, auch wenn er verwandt ist.

Ich rollte im Wohnzimmer eine Matte aus und nahm, weil ich den Schlafsack nirgends fand, einen alten Wintermantel und ein leinenes Tischtuch als Decken. Vom Schlafzimmer her hörte man Regulas regelmäßigen Atem. Sogar im Schlaf waren ihre Augen noch leicht schräg, fast wie bei einer Katze oder ebendieser Eiskunstläuferin, deren Name ich vergessen habe, die ich aber noch genau vor mir sehe.

Am liebsten hätte ich die Türe zugemacht, dass ich Ruhe gehabt hätte. Aber gleichzeitig konnte ich ja nicht wissen, ob dies das erste und letzte Mal ist, dass Regula bei mir übernachtet, und deshalb wollte ich ein wenig zuhören, wie sie atmet im Schlaf.

Ich kann euch sagen, es drehte sich mir alles in der Birne. Meine provisorische Liege war für gar nichts und die Nerven angespannt wie das Zugseil der Jungfrau-Bahn. Die Gedanken machten mit mir, was sie wollten.

Du bist eine Memme, Keeper, sagte ich zu mir. Warum hast du Regi gleich deine eigene Falle angeboten und sofort gesagt, du selbst schläfst dann im Wohnzimmer? Hättest gut noch etwas warten können mit der Einteilung der Schlafplätze. Zuletzt meint sie noch, du hast ein Problem mit Frauen. Obwohl, wenn sie das wirklich meint, hat sie nicht unrecht. Ich hab schon ein Problem, also mit ihr.

Solches und Ähnliches überlegte ich mir und wälzte mich auf dieser blöden Survival-Pritsche, dachte an diesen braungebrannten Sonnyboy vom Sportgeschäft, der mir damals diese Matratze angedreht hatte, und hätte am liebsten angefangen, ihn zu hassen.

Mit so einer selbstaufblasbaren Matratze schlafen Sie auch auf 2000 Metern noch problemlos. Das ist im Moment das absolut Beste, das man kriegen kann. Und wie gesagt, bis 2000 Meter, garantiert. Selbstaufblasbar mit beidseitiger, atmungsaktiver Thermobeschichtung und trotzdem ausgesprochen leicht und kompakt. Bis 2000 Meter haben Sie mit der garantiert kein Problem.

Wie dann, du Ignorant? Wenn ich schon hier im Flachland nicht einschlafen kann. Soll ich dich jetzt gerade anrufen und fragen, wie du das mit dem garantiert Schlafen auf deiner Superspezialmatratze gemeint hast und ob du mir nicht vielleicht ein Schlaflied vorjodeln könntest, du schleimiger Sportschwätzer.

Später kam mir noch in den Sinn, wie ich als Kind, konnte

ich nicht einschlafen, manchmal zu den Eltern ins Bett kroch, mich einfach zwischen beide hinlegte und mir vorstellte, ich sei ein kleiner Bär und sie die großen Bären und wir machten gerade Winterschlaf und alles sei easy und so weiter, bis ich dann plötzlich abtauchte und mir gar nichts mehr vorstellen musste. Das war eine Technik, die ich als Kind voll draufhatte, sich einfach in was Schönes hineindenken. Ich weiß nicht mehr, wie und warum ich das verlernt habe.

Und noch ein wenig später fragte ich mich, ob ich wohl ein Idiot gewesen war, Regula alle Melleril zu geben, die ich noch zu Hause hatte. Das Zeug war rezeptpflichtig, und jetzt muss ich mir dann wieder was einfallen lassen, damit ich bei Doktor Wydenmeyer die Reserve aufstocken kann. Der Wydenmeyer ist ein guter Kerl, aber alles gibt er einem dann doch nicht einfach so.

Als ich das Gefühl hatte, nun müsste diese Nacht dann mal vorüber sein, ging ich in die Küche und nahm einen Schluck Wasser. Dort schaute ich auf die Uhr, und es war erst halb eins. Dachte, die Uhr sei stehengeblieben, aber die am Herd zeigte dasselbe, also musste ich es glauben. Auch wenn das kein Schwein glauben kann, wie die Zeit manchmal so schnell vorbeigeht und manchmal überhaupt nicht.

Setzte mich an den Küchentisch und machte an einem Kreuzworträtsel einer Webesendung herum. Nach fünf Minuten hatte ich es. Das Lösungswort hieß «Nescafé Gold», also eigentlich zwei Lösungswörter, aber man soll ja nicht pingelig sein. Nescafé Gold ist schon okay, dachte ich und schenkte mir einen Havanna Club ein, weil der hat ja auch ziemlich viel Gold auf dem Etikett.

Keeper, geh pennen, hörte ich mich flüstern. Keeper, mach was. Keeper, ruf doch den Stofer an.

Stofer.

Grüß dich, Stofer, ich bin's, der Keeper.

Keeper, grüß dich, was brauchst du?

Hey, das ist privat, nicht beruflich. Ich ruf dich privat an, verstehste.

Mir doch egal, weshalb du mich anrufst. Weißt du, wie egal mir das ist! Es ist mir so was von egal, Keeper. Aber sag, warum redest du so leise.

So ist er, der Stofer. Ihm ist fast alles egal. Es ist ihm egal, wer du bist, es ist ihm egal, um wie viel Uhr du ihn anrufst, alles ist ihm egal, außer Schulden. Nicht die eigenen, die sind ihm auch egal, aber die, die andere bei ihm haben, die sind ihm dann manchmal weniger egal.

Stofer, hast du dein Haus in Spanien noch?

Woher weißt du denn das?

Hast es mir ja selbst erzählt, erst gerade, weißt du's nicht mehr?

Ach ja, und warum fragst du dann so saublöd, ob ich es noch hab, warum sollte ich es plötzlich nicht mehr haben, wenn ich es vorgestern noch hatte?

Weiß doch auch nicht, man fragt halt.

Ist das alles, was du wissen willst?

Kann ich es brauchen?

Was brauchen?

Dein Haus, Mann. Kann ich hin, für eine Woche oder zehn Tage oder so. Ich würde es mir einfach gerne mal anschauen. Es interessiert mich.

Kommt drauf an. Im Frühling geh ich eh runter, dann kannst du von mir aus mitkommen.

Nein, Stofer, ich meine jetzt. Ob ich es jetzt brauchen könne, ab morgen oder übermorgen.

Es hat keine richtige Heizung.

Mir egal.

He, Keeper, weißt du, wie kalt es dort ist? Nirgendwo auf der Welt ist es so extrem saukalt wie im Winter in Spanien ohne Heizung.

Macht nichts, ich hab so ne Thermoluftmatratze, die geht bis 2000 Meter, garantiert.

Komm morgen ins Maison, dann reden wir.

Ich darf nicht mehr ins Maison. Pesche, dieser Krüppel, hat mir so ein selbstgemachtes Hausverbot gegeben.

Warum?

Ist doch egal, warum. Es ist nun mal so.

In dem Fall um acht beim Spanier. Und das andere, das mit dem Maison kann ich mit Pesche klären. Aber denk daran, wenn du in dieses Haus willst, dann brauchst du einen Wagen. Dort unten kannst du's vergessen ohne Wagen.

Hab ich keinen mehr.

Aber den brauchst du, wenn du dort runterwillst, glaub es mir. Dort ist es nicht wie hier, wo du überall mit ÖV hinkommst.

Also kann ich hin?

Wir reden morgen, um acht beim Spanier.

Ist notiert. Danke, Stofer.

Schon okay, penn gut, Keeper, hast es nötig, du klingst nicht optimal.

Du hingegen, du tönst sehr gut. Tschüss, Alter.

Irgendwann bin ich dann doch noch eingeschlafen. Am Morgen fühlte sich mein Rücken an wie ein altes Armierungseisen, krumm, rostig und fast nicht zu biegen.

Regi, bist du wach? Sag doch was, Regula? Ich machte mir Sorgen, aber wie ich rübergehe, ist das Bett leer und Regula weg. Ich glaubte durchzudrehen. Hatte mir schon vorgestellt, wie ich zu Steiners rübergehe, um frische Croissants zu holen und von diesem Multivitaminsaft. Beim Steiner von der Bäckerei kann ich sagen, ich bezahle dann Ende des Monats, weil der noch ein Herz hat für solche wie mich, der ist noch von der alten Schule und nicht so aufs Geld fixiert. Und dann hatte ich mir vorgestellt, wie ich ihr das Frühstück ans Bett bringe und wie ich sie pflege und wie ich ihr aus einem spannenden Buch vorlese und dazwischen eine Strähne aus dem Gesicht streiche und all das. Fuck. Jetzt ist sie weg und für mich alleine brauch ich weiß Gott keine Croissants, mag sowieso keine Croissants, aber esse sie trotzdem immer wieder, weil das alle machen. Alle essen Croissants, und ich werde den Verdacht nicht los, dass eigentlich keiner sie so richtig mag. Das ist vermutlich einfach so eine Konvention. Du isst

Croissants, dann gewöhnst du dich daran und dann denkst du gar nicht mehr, dass es Besseres gäbe, das man am Morgen essen könnte. In England essen sie am Morgen Würste, Eier und Speck und so. Ist auch nicht besser, aber wenigstens was anderes.

Wie ich in die Küche komme, liegt dort ein Brief von Regula, also eigentlich kein richtiger Brief, mehr so ein Zettel.

Lieber Keeper,

danke für alles. Du bist einer zum Behalten. Ich wollte dich nicht wecken. Musste arbeiten gehen. Darf ich heute noch einmal bei dir übernachten, falls ich bis am Abend nichts anderes gefunden habe? Legst du mir einen Schlüssel in den Milchkasten? Ich wäre sehr froh. Nochmals vielen Dank. Liebe Grüße und bis bald,

Regula

Ich las den Brief sicher fünfzehnmal durch. Klar kannst du bei mir übernachten, heute, morgen und die nächsten tausend Jahre!

Ich putze schon mal die Wohnung und dann beziehe ich das Bett neu und lüfte den Saftladen mal so richtig durch, vielleicht kauf ich noch ein paar Blumen, dass es nach was ausschaut. Obwohl, in dieser Jahreszeit gibt es wohl nur so hässliche Laborblumen aus einem holländischen Atomreaktor-Treibhaus.

Mir doch egal! Ich lese Regulas Brief noch zehnmal durch, zwanzigmal, hundertmal!

15.

Ich hatte es vermutet. Stofer ist nicht der Schlechteste. Er mag seine Fehler haben, klar, wer nicht? Doch kommt es darauf an, ist er voll in Ordnung. Zeichnete mir einen schönen Plan, schrieb eine Adresse und Telefonnummer von so einem Spanier auf, gab mir zwei Schlüssel und sagte, ich solle aufpassen, nichts kaputtmachen und am Schluss den Wasserhaupthahn wieder zudrehen. Und bevor ich abreise, solle ich es diesem Hector sagen, damit er wisse, dass das Haus wieder leer sei. Reinigen müsse ich nicht, das mache Hectors Frau.

Wer ist dieser Hector?

Eben, der von der Adresse, der, der nach dem Haus schaut. Da, ich hab's dir doch aufgeschrieben.

Schon klar. Aber was für einen Typ ist er?

Ist ein cooler Typ, siehst es dann. Er wohnt fast nebenan, in einem ehemaligen Pfarrhaus. Grüß ihn von mir.

Als ich wieder nach Hause kam, war Regula schon da. Ich hatte ihr einen Schlüssel in den Milchkasten gelegt.

Sie sah ein klein wenig besser aus als am Abend davor, aber immer noch nicht wirklich optimal. Doch vor allem hatte sie was Feines gekocht. Es roch schon von weitem gut.

Du musst doch nicht kochen für mich!

Ich mach's gerne, es lenkt mich etwas ab.

Regi, morgen fahren wir nach Spanien!

Wer alles?

Nur wir! Nur du und ich!

Ich? Weshalb ich? Bist du wahnsinnig? Ich hab doch keinen Urlaub.

Wir machen nicht Urlaub, wir machen eine Bildungsreise. Kannst Pesche sagen, du müssest vierzehn Tage in eine Weiterbildung. Oder sonst lässt du dich vom Arzt krankschreiben. Gründe genug hast du auf jeden Fall.

Ich brauchte lange, aber zuletzt konnte ich sie überzeugen. Manchmal ist es eben doch nicht schlecht, wenn du schwatzen kannst. Ich rief den Doktor Wydenmeyer an.

Um was geht's?, wollte die Assistentin wissen.

Ach, wissen Sie, um eine sehr heikle Angelegenheit. Ich sollte das, wenn immer möglich, mit dem Herrn Doktor persönlich besprechen.

Warten Sie, ich schaue, ob er ans Telefon kommen kann.

Ich warte, danke.

Er bestellte sie am nächsten Morgen ganz früh zu sich und sagte ihr dann, sie hätte unverzüglich kommen sollen, also gleich nachdem Buddy sie verprügelt hatte. Dann schrieb er sie krank auf unbestimmte Zeit und gab ihr einen Termin nach der Reise.

Ich sage es immer: Wenn du einen Arzt wie den Wydenmeyer hast, dann kannst du auf was Solidem aufbauen. Der Wydenmeyer ist einer, der ein Gespür hat für die Leute und der weiß, wer wann was braucht. Außerdem – und das ist auch nicht nichts –

steht der Doktor Wydenmeyer auf der Seite derer, die es nicht leicht haben im Leben. Was kann man von einem Arzt mehr verlangen?

Am Nachmittag fuhren wir mit dem Zug über Bern und Neuenburg nach Paris. Hatte kein Auto auftreiben können, doch das machte nichts. War gar nicht so weit, wie ich gemeint hatte. Dort, in Paris, mussten wir den Bahnhof wechseln und nahmen dann in diesem Gare Austerlitz den Nachtzug, der über Bordeaux nach Hendaye fuhr. Eine tolle Reise, vor allem, wenn man mit Regula unterwegs ist und genug Rotwein dabeihat.

Am nächsten Morgen überquerten wir bei Hendaye zu Fuß die Grenze. Ich kenne die Gegend, Hendaye und Irún sind eigentlich mehr oder weniger zusammengewachsen. Man könnte auch so ein Bähnchen nehmen, eine Art Tram, aber ich ging lieber zu Fuß.

Wir also rüber und in Irún dorthin, wo die Überlandbusse fahren, und erst mal einen Anisschnaps auf Eis und ein wenig guten Schinken. Dann noch etwa fünf Stunden im Bus, dann noch die Fähre, von der Stadt rüber ins Dorf.

Stoferchens spanisches Haus steht ziemlich hoch oben auf einem Hügel. Natürlich in einem Dorf, das wohl, aber ganz zuoberst. Zum Glück hatten wir nicht viel Gepäck mit, weil sonst, sonst hätten wir beim Hochgehen schlappgemacht, Regi mit ihren Sorgen und ich mit meinem antimuskulösen Körperbau.

Dass es so weit oben steht, ist nicht mal das Speziellste an dem von Stoferchen geerbten Haus. Speziell ist eben vor allem, dass man mit so einer kleinen Fähre ins Dorf gelangt. Das heißt, du kannst schon auch mit dem Wagen hinfahren, aber dazu brauchst du erst mal einen, einen Wagen, meine ich. Denn von der Stadt aus, in die einen der Linienbus bringt, siehst du auf der gegenüberliegenden Seite der Bucht Stofers Dorf zwar schon. Doch willst du dort hin, kannst du entweder einen Riesenumweg auf der Straße machen oder den direkten Weg übers Meer – und das mit dem Meer war uns natürlich lieber.

Es sind so Fährschiffe mit sehr flachem Rumpf, weil sie sonst dauernd auf einer Sandbank auflaufen würden. Aber auch so, also trotz flachem Rumpf hast du keine Garantie, dass du nicht plötzlich aufläufst und ne Stunde blockiert bist, bis langsam die Flut kommt.

Deshalb müssen diese Fährmänner die Fahrspur haargenau kennen. Das geht manchmal um Zentimeter. So jedenfalls hat mir das einer erzählt, einer, der um die sechzig war und auf der Fähre sofort mit uns zu schwatzen begann und recht gut Deutsch sprach. Es stellte sich heraus, dass er lange in Deutschland in der Nähe von Karlsruhe in einer Zimmerei gearbeitet hatte. Ein ganz lieber Mensch, ehrlich.

Wie wir ihm erzählten, dass wir aus der Schweiz sind und nun mal ein paar Wochen in ein Haus gehen von einem, der auch Schweizer sei, so sagt er, er kenne dieses Haus. Das habe einem Deutschen gehört, der sei jedoch vor nicht langer Zeit ums Leben gekommen, und den, der es danach gekauft habe, kenne er nicht.

Ne, ne, sagte ich, der frühere Besitzer war, soviel ich weiß, kein Deutscher, sondern Stoferchens Onkel. Und Stoferchen habe es nicht gekauft, sondern geerbt von ebendiesem Onkel.

Valentin, so hieß unser neuer Freund, machte nur so ne Handbewegung, die wohl hätte andeuten sollen, das seien alles nur unwichtige Details. Und danach sagte er, er wolle die Details gar nicht alle kennen. Aber ich, sagte ich, würde sie gerne kennen, diese Details, weil ich meine Freude habe an Details und schon als Schulbub alle Lehrerinnen zur Verzweiflung gebracht hatte, weil ich bei den Geschichten immer auf den Details herumgeritten bin. Und deshalb nähme es mich schon wunder, was das für ein Typ gewesen sei, dem dieses Haus gehört habe.

Valentin wurde etwas ernster und sagte, das sei eine lange Geschichte und außerdem seien wir gerade angekommen. Regula stieg aus, Valentin zeigte uns noch den Weg, wo wir hochgehen sollen, und dann sagten wir auf Wiedersehen und dankten, und vor allem luden wir ihn ein. Er solle mal vorbeikommen, zum Abendessen, sobald wir uns ein wenig eingerichtet hätten. Danke, er komme bestimmt.

Ich sagte noch zu Regula, dieser Valentin gefällt mir irgendwie, ich kann selber nicht sagen, weshalb, aber so als Typ kommt der mir gut rein.

Und dann gingen wir, wie schon erwähnt, diesen steilen Weg hoch.

Verdammt, Keeper, so Regula, jetzt müssen wir dann jedes Mal, wenn wir im Dorf unten sind, diesen steilen Weg hoch, um schlafen zu gehen.

Nimm es locker, Regi. Das kommt einem nur beim ersten Mal so weit und steil vor. Das ist nur, weil wir etwas durcheinander sind, und vor allem wegen den Taschen. Morgen oder übermorgen merkst du dann dieses bisschen Hügel gar nicht mehr. Das ist das Schöne am Mutmachen, wenn du jemand anderem Mut machst, machst du automatisch auch dir selber Mut.

Das Haus war gar nicht so kalt wie befürchtet. Es hatte überall so kleine Propan-Heizstrahler drin, und wenn du diese Strahler ein wenig strahlen lässt, wird es sofort angenehm warm. Außerdem hat dieser Hector, der nach dem Haus schaut, perfekt gelüftet gehabt und saubere Bettwäsche hingelegt. Ich richtete ihm einen Gruß vom Stoferchen aus und betonte ein paarmal, wir hätten wirklich alles, was wir brauchten, und jawohl, es sei alles bestens und vielen Dank noch mal und nein, wir bräuchten gar nichts mehr, und war dann froh, als er uns endlich alleine ließ.

Ein gutes Haus, viel zu groß für uns zwei, aber das war mir tausendmal egal. Es hatte drei Stockwerke, unten die Küche und Wohnzimmer mit Zugang zum Garten und ein Bad und zwei Schlafzimmer und noch ein Bad und eine große Terrasse. Ganz oben kleinere Zimmer für das Personal. Nicht schlecht, so als Gedanke, Bedienstetenzimmer.

Danach ließ ich sie ein Zimmer aussuchen. Dann legte sie sich ein wenig hin, sie sei noch müde von der Reise und so. Mir war das recht. Weil, bin ich neu an einem fremden Ort, orientiere ich mich anfangs gerne alleine. Also ich zu ihr, sie solle ruhig mal pennen, ich gehe mal eine Stunde oder zwei ins Dorf runter und kaufe was Gutes zu essen.

Dieses Dorf hätte man in zehn Minuten gesehen, vor allem im Winter, wenn fast jeder Laden und jede Pension geschlossen ist. Aber eine nette Bar fand sich trotzdem, und wie Regi zur Tür reinkommt, schaue ich auf die Uhr und bemerke, dass ich bestimmt schon vier Stunden dort gesessen bin, dass es draußen schon Nacht war und dass ich ziemlich einen am Helm hatte, von diesem Anis, der runtergeht wie Öl, aber doch ziemlich einfährt, allerdings erst, wenn man es schon fast nicht mehr erwartet.

Außerdem hatte ich mich schon mit zwei jungen Frauen angefreundet, die mit mir ein wenig in Englisch parlierten und einen Joint nach dem anderen rauchten, was dort anscheinend gar keinen störte und den Typen von der Bar am wenigsten, weil der auch ab und zu mitpaffte und danach nie vergaß, mir auch was anzubieten.

Ach, schau mal an, die Regula, hast du mich lange gesucht? Entschuldige, ich hab die Zeit vergessen.

Kein Problem, sagt sie und lächelt.

Und ich in meinem missratenen Sekundarschulenglisch: Look Alberto, this is Regula, and Regula, this is Isabel, and, and, and, und danach fiel mir im Nebel des Anisschnapses der Name der anderen nicht mehr ein, doch das machte eigentlich nichts, weil die lachte nur und stellte sich selbst vor. Hello Regula, nice to meet you, und ihr Name sei übrigens Imma und ob sie auch was bestellen wolle und alles Weitere kein Problem.

Regula war wirklich nicht stinkig, kein bisschen, obwohl sie sicher schon an der Tür gemerkt haben musste, wie es um mich stand. Aber was willst du? Bist du zu zweit in den Ferien, und der eine ist bereits überhopft, dann hast du mehrere Möglichkeiten: Du kannst sauer werden, was eigentlich niemandem viel bringt, kannst schauen, dass du dich zügig auf den Pegel des anderen raufsäufst, damit dann beide im gleichen Film sind, oder du kannst auch einfach denken, er ist er und ich bin ich und morgen ist wieder ein anderer Tag. Und ich glaube, Letzteres ist genau, was Regula damals gemacht hat.

Warst du schon einkaufen, Keeper?

O Shit, hab ich voll vergessen, wollte nur schnell einen Zwischenschluck nehmen und voll nicht mehr daran gedacht, tut mir leid. Aber hör mal, hier machen sie sicher was Nettes zu essen.

Einkaufen müssen wir allemal, damit wir morgen Kaffee, Milch und Brot haben und so.

Da hast du auch wieder nicht komplett unrecht. Hast du Geld? Schau, ich hab viel gewechselt, doch, doch, nimm es nur. Schau, ich schlag vor, heute gehst du und morgen gehe ich, denn heute bleibe ich lieber noch ein Momentchen hier sitzen, weil hier kann ich mich am Chromstahl halten und im Supermarkt kann man sich nur am Einkaufswagen halten, aber der ist beweglich.

Bist ein Plapperhans, Keeper, sagte sie und ging. Sie komme mich dann abholen und dann gehen wir was kochen.

Nun, weißt du, so einfach geht es dann meist nicht. Als sie mich abholen kam, mit zwei vollen Papiertüten, sagte ich, sie solle jetzt nur nichts übereilen. Es sei viel schlauer, wenn sie nun zuerst noch einen Drink nähme, und dann stellte ich ihr zuerst mal den Wirt und die beiden Frauen vor, doch unterdessen wusste ich nur noch den Namen des Wirtes, look, this is Alfredo, oder nein, warte, Alberto. Was it Alfredo or Alberto? Doch da sagte Regula, es sei gut und ich hätte ihr alle schon vorgestellt, und das war mir gerade recht, weil einigen gerät das in den falschen Hals, wenn du ihnen den Namen nicht sagen kannst.

Wir sind dann irgendwann mal trotzdem nach Hause gekommen und gekocht haben wir auch, also das heißt, eher sie, weil ich, ich hab's nicht mehr so klar gesehen, aber lustig wurde es trotzdem noch, und wir laberten rum, nicht von Problemen oder so, sondern wir haben eher so Geschichten ausgetauscht, was man ja immer dann am besten kann, wenn man sich noch nicht allzu gut kennt, das Pulver noch nicht verschossen hat. Und zuletzt schlief ich am Küchentisch ein, und wie ich wegen Nackenstarre erwache, war Regula bereits in den Federn, und ich also auch in die Falle, aber nicht in ihre, nein, in die eigene, schließlich waren wir ja nur gute Freunde, die zusammen in die Ferien fahren und so, verdammt noch mal. Und außerdem war es weiß nicht wie spät.

16.

Die Tage in Stoferchens Haus gingen vorüber wie nichts. Manchmal gingen wir einfach so zuschauen, wie das Meer sich bewegt. Und manchmal spazierten wir nur diesen Hügeln entlang und drehten dem Meer den Rücken zu. Dazwischen fuhren wir mit der Fähre hin und her, einfach, damit wir auf einem Schiff waren. Die Einheimischen fanden das seltsam, weil für sie war die Fähre nur ein Transportmittel und keine Touristenattraktion, aber ich bin mir sicher, dass auch die, die unsere Fährenfahrerei seltsam fanden, wären sie, sagen wir mal im Sommer in Thun im Urlaub und könnten sich aussuchen, ob sie nun mit dem Zug oder dem Schiff nach Interlaken fahren wollten, das Schiff wählen würden. Was ich sagen will: In der Schweiz nehme ich kaum je ein Schiff, aber im Ausland fast immer. Weil Urlaub ist Urlaub, und Urlaub macht nur dann Sinn, wenn etwas anders ist als im Alltag.

Regula und ich hatten endlich Zeit, um einigermaßen ernsthaft zu reden. Ich sagte ihr, dass ich sie liebe und sie wolle und alles, was man so sagt, wenn man es wirklich meint. Ich meinte es wirklich. Aber sie blieb in der Defensive, sagte, ich solle keine Geschichten machen, und ich solle sparsamer umgehen mit meinen ewigen Geschichten. Weil, sie sei sicher, wenn ich ihr alle meine Geschichten erzählt habe, würde ich sie nicht mehr lieben.

Das ist natürlich eine Möglichkeit. Aber andererseits: Was meint Regula mit: Alle Geschichten erzählt haben? Was weiß denn die, wie viele Geschichten ich habe, die ich erzählen kann? Geschichten sind nicht wie Zähne, die nur zweimal kommen, und hast du sie verbraucht, ist's vorbei. Nein, Geschichten sind nicht, sagen wir mal, wie Erdöl, von dem es nur so und so viel Reserven auf der Welt gibt, und wenn die Reserven aufgebraucht sind, geht es wieder ein paar Millionen Jahre, bis es neues Erdöl gibt. Nein, Geschichten wachsen immer wieder nach, unmessbar. Nur, sag so was mal der Regula, die sich Sorgen macht, weil sie endlich merkt, dass ich mich verliebt habe.

Nicht wahr, Keeper, wenn du dann alle deine Geschichten erzählt hast, dann liebst du mich nicht mehr.

Ist es wichtig, Regula? Ich meine, ist es wichtig, darüber zu reden, wann ich dich dann irgendwann mal nicht mehr lieben werde? Vorläufig liebe ich dich. Das ist wichtig. Aber von dir habe ich noch nichts in dieser Richtung gehört.

Ich bin eben nicht so schnell, wenn es darum geht, solche Dinge zu sagen. Ich brauche Zeit, Keeper, ich verliebe mich nicht spontan. Und außerdem bin ich offiziell immer noch mit Buddy zusammen, das weißt du doch.

Offiziell! Entschuldigung, Regi, ich will dich nicht beleidigen, aber das ist der dümmste Satz, den ich je von dir gehört habe!

Das ist schon möglich, aber das andere stimmt, ich verliebe mich nicht so auf die Schnelle.

Jedenfalls nicht in mich, nicht wahr? Aber weißt du was, mir ist das egal, ich kann warten. Du kannst dir Zeit lassen, Regula, nimm dir ruhig Zeit. Ich habe Geduld, ich frag dich dann in fünf Minuten wieder.

Mit solchen Sprüchen brachte man Regula meistens zum Lachen.

Aber dann passierte was in Spanien, das weniger zum Lachen war. Der Valentin, den wir bei der Hinreise auf der Fähre kennengelernt hatten, kam auf Besuch. Ich hatte ihm ja am ersten Tag ausdrücklich gesagt, er könne jederzeit vorbeikommen und wir würden uns freuen.

Also er kam tatsächlich und brachte auch noch gleich Getränke mit und außerdem eine selbstgemachte Kette aus kleinen Holzstücken und schwarzen Muscheln für Regula und die sah nicht mal so schlecht aus, die Kette.

Wir freuten uns, dass wir dort bereits eine Art einheimischen Freund hatten. Wir kochten was Gutes und so weiter. Und wie er also so am Erzählen ist, dieser Valentin, frage ich ihn über dieses Haus aus und den Onkel vom Stoferchen, nur so, weil es mich eben interessierte.

Mich interessieren oft Sachen, die die meisten anderen Leute nicht interessieren und umgekehrt. Das mag seltsam erscheinen, aber ist halt so. Schon bei meinem Vater war das so. Der erzählte mir, als ich noch Knabe war, stundenlang Geschichten von Leuten, die ich gar nicht kannte. Mein Vater konnte ganze Lebensläufe erzählen, mit allen möglichen Details, besser als jeder Roman. Das Leben interessiert mich, nicht all der andere Mist, nur das Leben.

Nehmen wir zum Beispiel an, ich gehe zu Hause in den Fahrradkeller und dort hat – sagen wir mal – irgendeiner der anderen Mieter im Haus sein Fahrrad blöd hingestellt, kann ja jedem passieren. Dann sagen die meisten Leute doch gleich, es nehme sie verdammt noch mal wunder, welch himmeltrauriger, unmöglicher Idiot sein Fahrrad dort so unglaublich saublöd hingestellt habe. Ich nicht, ich sage so was nicht, nie im Leben, mich interessiert das nicht, ehrlich nicht.

Aber andererseits, bin ich in einem alten, spanischen Haus im Urlaub, schaue ich mir dieses Haus von außen und innen an, schaue, was es für Pflanzen im Garten hat, und sehe, dass es Pflanzen sind, die du sonst am Atlantik nicht siehst, und dass das Haus in einem Stil gebaut ist, der von der Architektur her nicht unbedingt in das Dorf passt, und dann nimmt es mich wunder, wer dieses Haus bauen ließ, wann und warum und alles Drum und Dran. Das sind Fragen, die zum Leben gehören.

Also jedenfalls fragte ich unseren Besucher, ob er etwas über dieses Haus wisse, und tatsächlich, dieser Valentin wusste alles.

Er erzählte uns, das habe einer bauen lassen, der um 1880 rum aus diesem Dorf nach Kuba sei und dann nach Puerto Rico. Deshalb heiße das Haus bei vielen alten Leuten im Dorf heute noch das amerikanische Haus. Dort in der Karibik habe er massig Kohle verdient, mit was, wisse keiner genau, aber es werde herumerzählt, er hätte als Laufbursche für einen Büchsenmacher angefangen und habe sich im Waffenhandel hochgearbeitet. Und als 1898 Kuba unabhängig geworden sei, lief sein Business nicht mehr so gut, also jedenfalls nicht, wenn man als Spanier dort Kohle machen wollte. Doch diesem reichen Typen war das sowieso egal, weil er genug auf der Kante hatte. Er hatte dank dem

Krieg der Spanier auf Kuba ein unglaubliches Vermögen gemacht. Also kam er nach Hause in sein Dorf und schwörte sich, er baue das schönste und beste Haus im Dorf, damit alle die Stänkerer, die ihm, als er als junger Mann nach Kuba sei, nichts zugetraut hätten, endlich merkten, dass er nicht so ein Versager sei, wie sie gemeint hatten, sondern das genaue Gegenteil davon.

Und da der Dorfpfarrer der Schlimmste der Stänkerer gewesen war, habe er ein schönes Stück Land gleich neben der Kirche gekauft, so dass der Pfaffe jeden Morgen beim Erwachen als Erstes sein Haus anschauen musste.

Bravo!, sagte ich. Der Typ gefällt mir, jedenfalls, wenn wir das mit dem Waffenhandel etwas ausblenden.

Und Valentin erzählte weiter. Alle die Palmen und exotischen Pflanzen hätte er aus der Karibik mitgebracht, und sogar den Architekt hätte er von dort mitgenommen, ein echter Kubaner, der ihm das Haus im Kolonialstil gezeichnet hätte, original und sehr teuer.

Und als das Haus fertig war, heiratete er das schönste Mädchen im Dorf und machte einen Haufen schöne Kinder.

Danach habe er nie wieder einen Finger krumm gemacht und jahrzehntelang nichts anderes getan als Billard spielen, spazieren, sich beim Barbier rasieren lassen, sich von einem Chauffeur in einem großen Amischlitten rumfahren lassen und das Geld verjubeln, welches er in Kuba verdient hatte. Das sei eben der Unterschied zu den Reichen von heute, weil heute ackere niemand so viel wie die ganz Reichen, all die Unternehmer und Industriellen und Supermanager, die schon längst Milliarden hätten und dennoch wie überdrehte Ameisen in der Welt rumjetteten und sechzig bis siebzig Stunden in der Woche dran seien, damit sie ja immer noch reicher und reicher werden, bis es ihnen buchstäblich die Pumpe abstellt.

Aber der von diesem Haus, der habe es eben gerade nicht so gemacht. Nein, der habe wirklich eine superruhige Kugel geschoben und den Kindern und Bäumen beim Wachsen zugeschaut. Und weil er relativ alt geworden war, sei ihm das auch ziemlich gut gelungen, also das mit dem Geldverjubeln, weil, als er endlich starb und die Jungen das Erbe verteilen wollten, waren nur noch Schulden da, also mussten sie das Haus verkaufen. Das war ungefähr 1940, kurz nach dem Spanischen Bürgerkrieg.

Dann kaufte ein Deutscher das Haus, irgend so ein Nazi, der irgendwas mit Franco zu tun gehabt hatte. Es habe ja viele solche gegeben, damals in Spanien. Darüber hätte man seinerzeit nur wenig geredet, und wenn, dann nur ganz leise, was übrigens bis heute so sei. Und der Familie dieses Nazis gehörte dann das Haus, zuerst dem einen Sohn und dann den Großkindern, bis es nun Stoferchen gekauft hätte. Die hätten das Haus ausgeschrieben, weil sie in den letzten Jahren fast nie mehr gekommen seien und weil man mal Geld in die Finger nehmen müsste, um es anständig zu renovieren. Lange wollte es niemand, weil sie zu viel verlangt hätten.

Aber dann sei eines Tages dieser Schweizer aufgetaucht und habe es gekauft, zack, zack, irgendeinen Notar kommen lassen aus Santander, kurz geschwatzt, Grundbucheintrag, Kohle auf den Tisch geknallt und vielen Dank. Er selbst, er wisse das deshalb so genau, sagte Valentin, weil er sich selbst auch dafür interessiert hatte. Doch er, er kenne sich etwas aus bei Liegenschaften und solchem Zeugs und habe sofort gesehen, dass diese deutsche Familie viel zu viel verlangte.

Gut, so ich, da täusche er sich jetzt sehr wahrscheinlich, weil dieses Haus, das habe einem Onkel vom Stoferchen gehört, einem, den ich recht gut kenne. Und als dieser Onkel kürzlich verstarb, habe er das Haus dem Stoferchen vermacht, weil er vermutlich keine eigenen Kinder gehabt habe.

Auf gar keinen Fall, sagte Valentin. Ich habe ja die deutschen Besitzer selber gekannt, von denen ist die letzten zehn Jahre keiner gestorben, die konnten einfach das Haus ihres Nazigroßvaters nicht länger halten und Schluss.

Komisch, sag ich noch zu Regula, extrem komisch. Unser Stoferchen, der himmeltraurigste Grämmchendealer des Oberaargaus, derjenige, der einen immer für ne Zigarette, ein Bier oder ein paar Franken anquatscht, geht in ein spanisches Dorf und sagt, hallo zusammen, schau mal an, schöne Villa, gefällt mir, was wollen Sie dafür? Aha, ne halbe Kiste, ist tipptopp, da, nehmen Sie nur, stimmt so und auf Wiedersehen, danke.

Vielleicht hat es der Stofer ja faustdick hinter den Ohren und tat nur so, als hätte er nichts. Bei den Reichen lernt man sparen, meinte Regula.

Ach komm! Wenn der Stoferchen einmal ein Fünffrankenstück sieht, verwandelt sich dieses Fünffrankenstück spätestens in fünf Minuten in Rotwein und ist weg. Hör zu, Regi, ich gebe dir ein

Beispiel, damit du dir ein Bild machen kannst, was für eine unmögliche Träne dieser Stofer ist:

Also, bevor ich nach Witzwil musste, hatte ich doch für eine Weile diese Wohnung an der Aarwangenstraße. Und Stoferchen wohnte damals in Niederbipp, frag mich nicht, weshalb ausgerechnet Niederbipp, jedenfalls wohnte er dort draußen. Überleg mal, mit dem Fahrrad hast du mehr als ne Stunde von Schummertal nach Niederbipp, jedenfalls, wenn du zu viel Öl in der Lampe hast. Und dann hatte er tatsächlich eines Abends im Spanier-Club einen am Sender und zwar nicht zu knapp, zu viel Cognac erwischt und weiß nicht, was alles noch.

Meine Fresse, mir dreht sich alles, ich glaub, ich hab ein Zwischenhoch, mag nicht mehr nach Niederbipp heute. Kann ich bei dir pennen, Keeper?, fragte er mich.

Kein Problem, so ich, aber ich, ich gehe jetzt schlafen. Und er, Stoferchen, er wolle noch sitzen bleiben, ob er später bei mir auflaufen könne. Also gab ich ihm die Hausnummer und erklärte ihm, im zweiten Stock, linke Tür, die Wohnung sei offen, und er könne sich einfach aufs Sofa knallen, ich lege ihm noch eine Decke bereit, und er solle keinen Scheiß machen. Gut, ich also nach Hause. Stoferchen nahm noch was im Spanier und wahrscheinlich auch noch sonst wo.

Am nächsten Morgen stehe ich auf und schaue nach, ob er noch pennt. Aber mein Sofa ist leer und keine Spur von Stoferchen. Aha, denke ich mir, der kam nicht, hat wohl ne andere Bleibe gefunden. Auch gut.

Und wie ich ihn kurz darauf im Dorf wiedersehe, frag ich ihn, wo er eigentlich gepennt habe am vergangenen Samstag.

Wo wohl? Bei dir, Keeper, wie abgemacht, danke übrigens.

Wie, bei mir? Du warst ja gar nicht bei mir?

Doch, klar, genau, wie du es gesagt hast, die und die Hausnummer, dritter Stock links und die Wohnungstüre offen und ich rein und aufs Sofa und sogleich eingepennt.

Was heißt hier dritter Stock? Zweiter Stock, Stoferchen, zweiter Stock, ich hab dir doch gesagt, zweiter Stock links!

Oh, verfluchte Scheiße, sagt Stoferchen, dann lag ich wohl die ganze Nacht bei sonst jemandem, bei jemandem, den ich nicht kenne. Wer wohnt oberhalb von dir?

Siehst du, Regi, so einer ist der Stofer, kann zwei und drei nicht unterscheiden und kommt doch irgendwie zu seinem Zeugs.

Nee, das glaub ich ja nicht, sagte sie. Und Valentin fragte, ob das wirklich wahr sei.

Klar. Was meinst denn du?

Unglaublich!, sagte sie. Aber das hat ja nichts mit dem Haus zu tun. Vielleicht hat ja Stofers Onkel ihm nicht ein Haus, sondern ein kleines Vermögen vermacht? Mit dieser Frage versuchte Regula ein letztes Mal, dieser Angelegenheit irgendeine Logik abzutrotzen. Aber man merkte, dass sie selbst nicht daran glaubte.

Hätte er Geld gekriegt, hätte er das doch wohl gesagt und nicht ausdrücklich erzählt, der Onkel habe ihm das Haus vermacht. Nein, Regula, es gibt nur eine vernünftige Erklärung: Der Stofer ist nicht sauber und mit diesem Haus ist auch etwas nicht sauber.

Valentin wunderte sich, weshalb uns dies so zu denken gibt, und weshalb wir es nicht einfach genießen, dass wir hier sein können. Und ich musste ihm recht geben, also wechselten wir das Thema und redeten über die Dörfer in der Gegend.

Aber später in der Nacht ließ es mir keine Ruhe. Und auch wenn ich diesem Valentin nichts davon sagen wollte, vermutete ich plötzlich, dass diese blöde Geschichte was mit meinem Prozess und mit meiner Zeit in Witzwil zu tun hatte. Weil damals, mit diesem komischen Franzosen oder Araber oder was er auch war, ging es ja um viel Kohle, und niemand wusste, was damit geschehen war, und ich am wenigsten, obwohl der Richter ständig nur mich fragte. Damals wollte ich nicht zu tief grübeln. Und jetzt hatte es mich erwischt, konnte ich nicht mehr anders. Mit dem Grübeln ist es so wie mit sonst einem körperlichen Bedürfnis, also wie zum Beispiel mit dem Schlafen oder dem Essen oder dem Pissen, du kannst es für eine Weile hinausschieben, einige können länger, andere weniger lang, aber irgendwann mal musst du es trotzdem hinter dich bringen. Ich lag also dort und konnte nicht aufhören, daran zu denken, dass ich dieses Haus, in dem ich nun lag, vielleicht in Witzwil im Knast abverdient hatte.

Am nächsten Tag gingen Regula und ich spazieren und kamen am Ende in einem Dorf an, in dem es eine Mineralwasserquelle gibt, die in der Region ziemlich berühmt war. Das heißt nun nicht unbedingt, dass du, wenn du in einem Mineralwasserdorf in eine Kneipe gehst, unbedingt ein Mineralwasser bestellen musst. Also bestellte ich einen halben Roten und vorab ein kaltes Mahou-Bier zum Unterlegen und einen Sherry für Regula.

In der Kneipe hing mir gegenüber ein Bild von so einer Art Femme fatale. Also genauer gesagt, kauerte auf diesem Bild eine Frau, dem Gesicht nach so um die dreißig, aber ein Körper wie eine junge Tänzerin oder so, alles tipptopp durchtrainiert. Und dann so ein halbdurchsichtiges Oberteil, so dass du die Brüste hindurchschimmern siehst, perfekte Brüste übrigens, schön dargestellt. Und so eine Gymnastikhose, ebenfalls körperbetont. War wirklich gut gemalt, nicht ganz naturalistisch, eher ein wenig ausgefallen, beinahe, wie wenn du zwar alles genau zeigen, aber der Wirklichkeit doch noch einen eigenen Touch geben willst, na ja, jedenfalls könnte ich es sicher nicht so malen, auch wenn ich möchte, und manch ein Kunstmaler, den ich kenne, könnte es ebenfalls nicht.

Also schaute ich mir dieses Bild an, staunte die längste Zeit, sagte zu Regula, sie solle es sich auch anschauen, weil es mich so faszinierte. Und sie, die Frau im Bild, machte so ein Gesicht, weiß nicht, wie ich sagen soll, machte so ein wenig auf Schlampe, so auf: Komm doch, wenn du ein Mann bist, pack mich, wenn du keine Angst hast! Sehr erotisch, wirklich, und zwar nicht auf die billige, nein, eher auf eine künstlerische Art. Das ist eben der Unterschied zwischen Kunst und primitivem Scheiß, dachte ich mir, weil bei diesem Bild, da merkst du, dass die Lust nur einer von vielen Aspekten ist. Und Regula fand es auch eindrücklich.

Aber weil Regula nicht nur das Bild betrachtete, sondern sich auch noch im Spunten umguckte, flüsterte sie mir plötzlich zu, ich solle mal die Wirtin genauer anschauen. Warum?, fragte ich. Nur so, sagte Regula. Gut, so ich, und sehe eine Frau um die fünfzig, kurze, graue Haare, ein naturfarbener Strickpullover, ungeschminkt, so der Typ naturverbundene Töpferin oder Eurythmielehrerin, so eine hatten wir im Knast nämlich auch, eine, die mit uns so Arbeitstherapie machte.

Als ich sie lange genug studiert hatte, fragte ich Regula, was mit der Frau sei. Und sie sagt nichts. Also schau ich sie wieder an, die Wirtin. Sie sah nach allem Möglichen aus, war aber vor allem auf eine beängstigende Art geschlechtslos, also komplett asexuell. Und ich betone das nur deswegen, weil sonst ja eigentlich fast jeder Mensch, also auch der hässlichste Mensch irgendwas an sich hat, was einem daran erinnert, dass wir geschlechtliche Wesen sind. Aber die Wirtin hatte nichts, die war eine Art Neutrum.

Da deutet Regi mit dem Kopf unauffällig auf das Bild an der Wand und dann wieder auf die Wirtin, und dann begriff ich es endlich! Sie war die Femme fatale auf dem Bild, einfach zwanzig Jahre älter. Das fuhr mir extrem komisch ein. Man kam sich vor wie ein Voyeur, der ins Intimleben von einer starrt, die zwanzig Jahre älter geworden und nur auf dem Bild jung und verführerisch geblieben war.

Also Regula, sagte ich, wenn du dich mal so abbilden lässt, von einem begabten Maler, dann musst du mir versprechen, dass du das Bild wo aufhängst, wo es nicht jeder Depp zwanzig Jahre lang anstarren kann.

Sie versprach es mir, und ich bestellte noch mal einen Halben, nur um die Wirtin von nahem anschauen zu können.

Ob sie aus der Gegend sei, fragte ich sie.

Nein, sie sei Französin.

Schönes Bild haben Sie da aufgehängt.

Ja, das habe ihr Mann gemalt.

Kompliment! Der kann was.

Merci.

Die Spanienreise endete mit einem kleinen Eklat. Nichts Schlimmes, aber doch ziemlich unangenehm. Das ist vermutlich meine schwache Seite; ich schaffe es einfach nicht, den Leuten, die ich mag, Sorge zu tragen. Es ist ähnlich wie mit diesem leicht behinderten Typen in diesem Roman, der immer Mäuse in die Hosentasche steckt, weil er sie liebkosen will. Dann hat er zu viel Kraft und zerdrückt sie einfach. Er mag Mäuse. Er will ihnen nicht schaden. Aber es bringt nichts. Er kann nicht anders als zu fest zuzudrücken. Mir passiert öfters ein ähnlicher Scheiß mit Menschen, nicht körperlich, aber geistig. Ich fülle den Menschen, die mir wichtig sind, so lange die Birne, bis sie es müde werden, mir zuzuhören, und sich abwenden.

Nun gut, in diesen Tagen in Spanien erzählte ich Regula von mir, und meine, ich hätte es gut gemeint, dachte, dann weiß sie ein wenig besser, mit wem sie es zu tun hat. Ich erzählte ihr von meiner Schulzeit, von der Familie, vom Quartier, von dem Reitplatz, dem Wald, der Lehrstelle, den ersten Abstürzen, den ersten Reisen, davon, was ich mit zwanzig gelesen und gehört hab, Bücher, Musik, alles Dinge, die ihr nicht viel sagten. Nichts Wahnsinniges, natürlich nicht, aber halt einfach das, was einen, wenn man es zusammensetzt, als Person ausmacht.

Am Anfang war es noch so o.k. Ich sei ein Guter, sagte sie, ich könne gut erzählen, sei nicht so ein Schweigsamer wie Buddy, der immer verstumme und sich abkapsle, wenn es darum gehe, etwas zu besprechen oder mal zu sagen, was ihn bedrückt. Aber irgendwann hatte sie eine Überdosis von meinen Geschichten. Und bald schon kam der Vorwurf, ich rede nur, statt mal zuzuhören, und vor allem rede ich gar nicht wirklich von mir, nein, ich erzähle immer nur irgendwelche Geschichten.

Was willst du, Regi, sagte ich, ich muss dir nicht zuhören, ich spüre dich, sehe durch dich hindurch, ich denke die ganze Zeit nur an dich, du bist ganz da. Weißt du, wenn ich dich berühre, weiß ich mehr über dich, als wenn ich dir zuhören würde. Wenn ich all diese Sachen erzähle, dann meine ich auch dich damit. Alles, was ich erzähle, erzähle ich nur dir so, jemand anderem würde ich es anders erzählen.

Alles Erklären war sinnlos. Sie fand, so ginge es nicht und sie werde das Gefühl nicht los, ich sei eine extreme Plaudertasche. Sie meine es nicht negativ, weil erzählen könne ich gut. Was ich aber brauche, sei nicht eine Frau, sondern einfach ein Publikum für meine Storys.

Das ist nicht wahr. Ich selbst reiche mir als Publikum füglich. Aber gut, wenn du willst, dass wir ein wenig Probleme wälzen und einander ein paar Vorwürfe machen, dann ist das auch o.k.

Ich hör dir zu, halte die Schnauze, los, erzähl, Regi, erzähl, ich bin ganz Ohr.

Sie wolle nichts erzählen, aber sie habe das Gefühl, dass es vielleicht besser wäre, ich würde weniger monologisieren und mehr nachdenken. Weil etwas sei ihr ganz klargeworden: Ich hätte die falschen Freunde.

Siehst du, ich sag es doch schon die ganze Zeit. Dir gefallen meine Geschichten so oder so nicht, weil du lieber über Probleme nachdenkst. Aber was du noch nicht begriffen hast, ist, dass meine Geschichten Teil von mir sind. Die kann ich nicht einfach ablegen wie ein gebrauchtes Hemd. Ich erzähle nicht einfach zum Vergnügen, ich erzähle, um nachzukommen. Könnte ich nicht erzählen, würde ich dieses himmeltraurige Leben eh nicht begreifen. Verstehst du, Regi?

Und danach sie, ich sei ein Schwachkopf. Sie habe nichts gegen die Geschichten gesagt. Ich wolle sie gar nicht verstehen. So habe sie es überhaupt nicht gemeint, und sie rede nicht einfach nur, damit geredet werde. Ich wisse wohl ganz genau, wie sie es gemeint habe.

Und danach ich, nein, ich weiß es nicht, aber ich würd es gerne wissen, und sie soll es mir bitte noch mal erklären, weil ich war immer schon ein bisschen schwer von Begriff.

Und sie, es geht nicht um etwas Konkretes, es geht um das Allgemeine, also darum, dass ich mehr Bereitschaft zeige, ihr zuzuhören und auf sie und ihre Themen einzugehen.

Und dann ich wieder, ob sie das präventiv meine, also ob sie mir jetzt schon sage, ich solle ein besserer Zuhörer werden, für den Fall, dass sie mir vielleicht irgendwann mal etwas erzählen wolle.

Danach ist sie verschwunden. Und ich blieb sitzen, frustriert, traurig, wütend auf mich selbst und ziemlich verzweifelt.

Tags darauf reisten wir zurück, den gleichen Weg wie bei der Hinreise, nichts Erwähnenswertes.

17.

Seit ich aus diesem Spanien zurück bin, was immerhin schon vierzehn Tage zurückliegt, bin ich schlecht drauf. Regula ist eher zurückhaltend, als wäre ihr die Vertrautheit der Ferien peinlich oder als würde sie mir das Gelaber vom letzten Abend noch nachtragen.

Bei Buddy ist sie zwar ausgezogen, aber mir hat sie gesagt, das sei eine Sache zwischen Buddy und ihr und ich solle nicht meinen, es habe mit mir etwas zu tun. Und überhaupt müsse sie jetzt ein wenig für sich sein und sich nach dem ganzen Stress wieder von neuem finden.

Das ist o.k., das stresst mich nicht, im Gegenteil, ich finde es vernünftig, dass sie sich von Buddy getrennt hat. Buddy ist kein Mann für jemanden wie Regula. Das ist, was ich schon immer gesagt habe und immer sagen werde. Solche Sachen kann ich endlos wiederholen, ehrlich.

Doch was mir ungut einfährt ist die Sache mit dem Haus. Ich meine, echt, weshalb muss mir der Stoferchen so einen Riesenstuss erzählen von einem Onkel und einer Erbschaft? Wozu hat er sich diesen komischen Onkel ausgedacht? Und was weiß Uli?

Zuerst wollte ich direkt zu Uli und ihm all das von diesem Haus erzählen, was mir der Valentin erzählt hat. Danach erinnerte ich mich, dass Uli ja immer noch bei diesen Bauern ist, und außerdem hatte ich zum ersten Mal in meinem Leben das Gefühl, ich könne Uli nicht hundert Prozent vertrauen.

Keeper, was nimmst du?

Einen Lindenblütentee, bitte.

Einen Lindenblütentee?

Nur ein Witz.

Nicht unbedingt komisch.

Du musst es ja nicht komisch finden, Regula. Ich finde es einigermaßen komisch, und das reicht mir bereits. Ich finde nur schon den Gedanken ziemlich lustig, einen Lindenblütentee zu bestellen.

Würde dir auf jeden Fall guttun. Aber sag jetzt, was du willst, es hat noch andere, die gerne bestellen möchten.

Bring mir bitte einen Kaffee mit Schuss.

Es tut mir sehr leid, das sagen zu müssen, aber Regula geht mir mit einem Mal auf den Sack. Gefallen tut sie mir immer noch, aber ich hab das Gefühl, sie nervt. Doch, es ist wahr. Sie gefällt mir und sie nervt gleichzeitig, soll verstehen, wer will, aber so ist es. Was mir gefällt, ist ihre Ernsthaftigkeit und ihre innere Ruhe. Was mich nervt, ist genau dasselbe. Und außerdem, sorry, ich habe sie bei mir wohnen lassen, ich hab sie mit in den Urlaub genommen, und trotzdem sind wir immer noch kein Paar, trotzdem tut sie immer noch so, als würden wir uns nur so vom Sehen kennen. Hat man so was schon mal gesehen?

Schau an, der Keeper! Was ist bei dir los? Ich hab gemeint, du hättest hier Hausverbot.

Grüß dich, Paule. Das Hausverbot ist aufgehoben. Jetzt bin ich auf Bewährung. Nicht wahr, Pesche?

Pesche antwortet nicht. Er hat wohl schon wieder das Gefühl, ich wolle ihn provozieren. Dabei will ich das Gegenteil, ich möchte, dass wir wieder etwas lockerer miteinander umgehen könnten. Für einen Wirt ist Pesche unheimlich misstrauisch. Bist du so misstrauisch wie dieser Pesche, dann wirst du wohl besser Revisor oder Schulinspektor oder so was. Wer Wirt wird, sollte die Menschen etwas mögen, würde man denken.

Paule bestellt einen Haag mit Assugrin, also Kaffee ohne Koffein, also eigentlich Kaffee, der kein Kaffee ist, mit Zucker, der kein Zucker ist.

Wie läuft's sonst so, Keeper?

Nicht schlecht, danke. Und selber?

Geht.

Sag mal, Paule, wie lange arbeitest du eigentlich schon bei der Post?

Ich? Seit der Ausbildung, wart mal, das sind jetzt vierzehn Jahre. Warum fragst du?

Einfach. Weil es mich wundernimmt.

Merkst du es überhaupt, Keeper, jedes Mal, wenn wir uns sehen, machst du mich an wegen der Post. Immer laberst du irgendwas wegen Postbote oder Post. Was hast du eigentlich für ein Problem mit der Post?

Ich weiß auch nicht. Vielleicht hätte ich auch zur Post sollen, nach der Schule.

Dann hättest du allerdings einen seriöseren Eindruck machen müssen.

Gib es mir, Paule, gib es mir nur, du hast ja recht. Noch was anderes: Hat nicht auch Stoferchen früher noch bei der Post gearbeitet?

Stofer Martin? Der, der so mager ist, dass du ihn fast rauchen könntest? Der hat sich in der Rekrutenschule wohl immer hinter dem Maschinengewehr versteckt, so extrem dünn war der schon damals. Aber ja doch, du liegst richtig, der Stofer war auch bei der Post, der hat ein Jahr oder zwei nach mir mit der Ausbildung begonnen. Allerdings nicht Briefträger. Schalterbeamter hat er gelernt.

Da haben wir's.

Was haben wir?

Nichts, ich sagte nur, da haben wir's, weil ich recht habe, weil ich doch wusste, dass der Stofer die Ausbildung bei der Post machte.

Du weißt ja, weshalb er damals wegging bei der Post?

Nee, erzähl mal.

Paule zögert, schaut sich um und dann wird er etwas leiser: Weil es damals hieß, er habe ein wenig allzu originell gerechnet. Weißt du, was ich meine?

War er also schon damals ein Gangster?

Nicht so laut, Keeper! Ich weiß nichts Genaueres. Das Einzige, was ich weiß, ist, dass es damals hieß, er habe Kohle unterschlagen, keine wahnsinnige Summe, soviel ich weiß, aber trotzdem. Sie konfrontierten ihn damit, und er gab es zu, dann schickten sie ihn, Deckel drauf und fertig.

Er wurde nicht angezeigt?

Soweit ich weiß, nicht. Aber weißt du, das braucht viel, bis bei uns einer angezeigt wird. Ich weiß von einem Kollegen, der sollte die Briefpost austragen. Und auch wenn du dir das nicht vorstellen kannst, das ist ein sensibler Job, weil du nie wissen kannst, was für Briefe du mit dir rumträgst. Im einen oder anderen Brief kann Geld drinnen sein oder sonst was Wichtiges. Na gut, geht also dieser Kollege mit einem Handwagen den Hinterbergweg hoch. Es hatte massig Schnee, also überlegt er sich noch auf halbem Weg, er könnte den Wagen mit den Briefen wo am Wegrand hinstellen und nur gerade die Briefe in die Hand nehmen, die er für den Weg braucht. Aber das dürfen wir nicht, verstehst du? Wir dürfen die Briefe nicht unbewacht am Wegrand stehenlassen. Das ist absolut Standard, ist eine Frage der Verantwortung, das lernst du schon ganz am Anfang der Ausbildung. Und prompt gingen ein paar Schulbuben während einer Schneeballschlacht hinter dem Wagen in Deckung. Die anderen Buben werfen die Schneebälle, und diese Schneebälle landen natürlich allesamt im Wagen. Er, der Postbote, merkt es erst später, als alle Briefe schon pissnass waren. Das war keine Bagatelle, Keeper, glaub mir, dieser Typ steht heute an einem Fließband. Was ich sagen will, obwohl es eine Riesensache und interne Versetzung gegeben hat, wurde er nicht angezeigt, genauso wenig wie später der Stoferchen.

Was meinst du, Paule, nehmen wir noch einen Kaffee mit Schuss? Ich lade dich ein.

Einen mit Schuss? Ich sollte etwas aufpassen mit Kaffee, hab einen sensiblen Magen, das ist vererbt, hatte schon mein Vater.

Komm schon, das macht nichts, in einem guten Kaffee mit Schuss hat es sowieso fast keinen Kaffee drin.

Paule ist immer noch ein wenig misstrauisch. Vermutlich hat er Angst, ich wolle ihn wieder blöd anmachen.

Regula, bringst du mir noch zwei Kaffee mit Schuss, aber bitte mit viel Liebe eingeschenkt.

Wir reden noch eine Weile lang, der Postbote und ich. Und ich werde die ganze Zeit den Eindruck nicht los, er wolle mir was Wichtiges erzählen. Pesche, der Wirt, hat immer ein Auge auf unseren Tisch. Regula tut, als wäre sie beschäftigt. Die Uhr über dem Ausschank, die eine Cinzano-Werbung ziert, steht schon lange still. Jetzt wispert der Postbote:

Weißt du eigentlich, wer damals mit Stofer zusammen am Postschalter gearbeitet hat?

Lass es raus, Paule, lass es raus.

Paule schaut in der Gaststube rum, sieht, dass der Wirt nicht mehr da ist, schaut auf die Tischplatte und sagt dann so leise, dass ich es kaum höre, obwohl er mir direkt ins Ohr flüstert: Pesche.

Das ist nicht wahr!

Doch, Keeper, ich erzähl keinen Mist, der war auch dabei, damals, bei diesem Beschiss. Beide zusammen, Stofer und Pesche.

Man hat sie erwischt und auf die Straße gestellt, aber sonst ist nichts passiert. Die Post wollte das damals ohne Skandal regeln.

Pesche auch? Bist du sicher, Paule?

Hundertprozentig.

Regula, wir nehmen noch zwei Kaffee mit einem gutem Schuss, sei so lieb.

Wir redeten noch etwas über nichts. Paule ging dann mal, und ich stand auf.

Keeper, sieht man sich mal?, fragte Regula.

Jederzeit, sagte ich und freute mich, dass sie was fragt, das ich auch hätte fragen wollen, mich aber nicht getraute zu fragen.

Was machst du morgen?

Ich arbeite bis Mittag in der Druckerei.

Ich hätte abends frei, kann ich zu dir kommen, so gegen sechs?

Klar, ich freue mich.

Ich verabschiedete mich, zog Jacke und Halstuch an, zog den Reißverschluss bis ganz nach oben und ging nach Hause.

Zu Hause nahm ich Staubsauger und Putzzeug hervor und motzte die Wohnung auf. Auch das Bad machte ich sauber, das hatte es am nötigsten. Danach legte ich ein leeres Blatt Papier vor mich hin und schrieb mir ein paar Sachen auf. Nichts Großartiges. Wollte einfach meine Gedanken ein wenig ordnen. Was läuft mit Pesche? Wie steht Pesche zu Uli und wie zu Stofer? Wem genau gehört das Haus in Spanien? Mit wessen Geld kaufte es Stoferchen? Und was hat der Franzose mit all dem zu tun? Das sind so Fragen, die mir in den Sinn kamen und die ich einfach mal aufschrieb, ohne genau zu wissen, wann und wie ich sie beantworten sollte.

Als am nächsten Abend Regula kam, sah meine Bude fast aus wie neu. Sie hatte es bemerkt und lobte mich. Ich freute mich, dass sie wieder besser auf mich zu sprechen war. Nahm mir vor, nicht zu viel zu labern und ihr auch ein wenig Raum zu lassen.

Erzähl mal, Regi, wie geht's dir?

Nicht besonders. Geht so. Wohne jetzt bei meiner Schwester, provisorisch. Hab ihr übrigens von dir und unserem Ausflug nach Spanien erzählt.

Das war vielleicht keine besonders gute Idee.

Warum nicht? Sie freute sich jedenfalls. Und das Beste ist, weißt du was? Als ich von dir erzählte, kriegte ich das Gefühl, ich kenne dich viel besser, als ich gemeint hatte. Ich erzählte und erzählte, und die Schwester hörte interessiert zu, und plötzlich wollte sie wissen, weshalb du Keeper heißt, doch da merkte ich, dass ich es selber nicht weiß.

Das werde ich immer wieder gefragt.

Mir hast du es nie erzählt. Das Einzige, das ich weiß, ist, dass du eigentlich Ernst heißt, aber kein Mensch auf der Welt sagt Ernst zu dir. Zum Glück, übrigens. Ernst passt extrem nicht zu dir, weil erstens bist du es fast nie und zweitens ist Ernst überhaupt gar kein Name für jemanden unserer Generation.

Hey, hey, Ernst ist kein schlechter Name. Sogar Che Guevara hat so geheißen.

Aber zu dir passt Ernst nicht.

Und Keeper, das passt dann besser?

Klar, Keeper ist auf jeden Fall besser als Ernst. Eigentlich ist alles besser als Ernst. Aber sag doch, warum du so heißt, Keeper.

Das ist eine lange Geschichte.

Erzähl mal, bitte. Wir haben ja Zeit.

Es ist im Fall nicht so interessant, wie du es dir vielleicht erhoffst.

Ist doch egal. Hab gerade Lust, ein wenig zuzuhören.

Du kennst doch den Uli?

Das war offensichtlich schon mal kein besonders guter Einstieg, weil Regula verzog den Mund, als hätte sie etwas Bitteres geschluckt. Sie sagte nichts, aber man muss kein Spezialist sein, um zu merken, dass sie nicht viel von Uli hält.

Ich weiß, Regi, ich weiß, Uli hat nicht den besten Ruf und außerdem ist er gegenwärtig gerade in einer Art Zwischentief drin. Und trotzdem ist er mein ältester Freund. Uli und ich sind zusammen aufgewachsen. Das ist, was zählt.

Ich glaube, das hast du mir schon mal erzählt.

Dann habe ich dir vielleicht auch schon erzählt, dass wir oft zusammen Fußball gespielt haben. Und eben aus dieser Zeit stammt der Name.

Du bist also immer im Tor gestanden?

Nein, eben nicht, das ist eben gerade der Irrtum.

Wieso sagst du dann, du hättest den Namen aus der Zeit, als ihr Fußball gespielt hattet?

Weißt du, Regula, wenn Schulbuben Fußball spielen, ich meine, wenn sie so richtig spielen, mit Mannschaften wählen und so, dann will normalerweise keiner ins Tor. Normale Jungs wollen Tore schießen, nicht Tore verhindern. Das ist nun mal so. Das liegt in der Natur der Sache. Sogar bei den richtigen Spielern, also bei denen, die groß rauskommen, bei denen, die du im Fernsehen siehst, sind die Stürmer in der Regel viel berühmter und reicher als die Torhüter. Es hat seine Logik. Ein Tor ist immer ein Tor. Das ist eindeutig. Bei einer Torwart-Parade hingegen kannst du nicht immer klar sagen, ob der Ball ohne Abwehr rein wäre oder nicht. Eigentlich kann man nie ganz sicher wissen, ob ein Torwart sehr gut ist oder gut oder nicht so gut. Deshalb will jeder Fußballer, solange er wählen kann, viel lieber in den Sturm. Aber am oberextremsten ist es naturgemäß als Kind. Als Kind schaust du nur darauf, dass du selbst in einer Position spielst, die dir die Chance gibt, möglichst viele Bälle zu versenken. Und weißt du, weshalb? Weil die Kinder, ohne dass sie es wissen, mehr oder weniger die dümmsten Optimisten auf Erden sind.

Glaub mir, Regi, Optimismus ist eine Kinderkrankheit, ähnlich wie die Masern. Und ein Keeper ist so etwas wie eine Versicherung. Wenn du nun nur mit dem möglichen Glück rechnest und vom Optimismus geblendet bist, dann brauchst du überhaupt keine Versicherung. Eben und genau deswegen will bei den Kindern keiner ins Tor. Und einmal, als wir ein wichtiges Spiel hatten, gegen die Italiener vom Gaswerk, wollte wieder mal keiner Torwart sein, also haben wir den kleinen Balsiger, den Ärmsten der Armen, den himmeltraurig geplagten Typen im Quartier ins Tor gestellt.

Aber ich will nicht ins Tor!

Schnauze, Balsiger, und geh ins Tor!

Aber ich bin im Fall nicht sehr gut im Tor.

Draußen bist du noch schlechter. Geh jetzt ins Tor, sonst kannst du gleich nach Hause!

Wir haben hoch verloren. Und auf dem Heimweg sagte einer, der Keeper sei schuld. Mit einem besseren Keeper hätten wir dieses Spiel klar gewonnen, sagten sie. Der Keeper ist eine Riesenpfeife, den kannst du rauchen, einen solchen Keeper sollte man auf den Mond schießen und so weiter. Wo er überhaupt geblieben sei, dieser verdammte Keeper, fragten meine Freunde plötzlich. Warum?, fragte ich zurück. Man sollte ihm einen rechten Denkzettel verpassen, fanden die anderen. Sie steigerten sich in etwas rein, und irgendeiner hatte dann die Idee, man solle ihn suchen und wenn man ihn dann gefunden hätte, werde er mal so richtig verdroschen.

Mir wollte das damals hinten und vorne nicht einleuchten, weil ich fand, es sei alles andere als klar gewesen, dass wir wegen dem Keeper verloren hätten, und abgesehen davon hatten wir ihn ja gezwungen, im Tor zu stehen. Deshalb kriegte ich plötzlich so eine Art Gerechtigkeitsschub und sagte, der kleine Balsiger kann doch nichts dafür. Aber es war schon zu spät. Weißt du, wenn so eine Gruppendynamik mal steht, dann steht sie. Außer mir waren alle fest dazu entschlossen, den kleinen Balsiger zu verdreschen. Also stellte ich mich hin und sagte:

Jungs, der Keeper bin ich! Wenn ihr unbedingt einen Keeper weichprügeln wollt, dann nehmt's mit mir auf, ihr Feiglinge!

Stimmt ja gar nicht, sagten sie, und ich sei wohl nicht ganz dicht. Aber ich hatte mich bereits entschieden, Balsigers Abreibung auf mich zu nehmen, also beschleunigte ich die Sache ein wenig. Ich prügelte ohne Plan auf meine Mannschaftskollegen ein und schrie dazu: Kommt, kommt, ihr hässlichen Feiglinge! Ihr wollt den kleinen Balsiger verkloppen, weil ihr hässliche Feiglinge seid. Wollt ihr einen Keeper? Hier habt ihr einen Keeper. Der Keeper bin ich! Der Keeper bin ich! Ich quasselte die Kollegen voll und begann sie zu boxen und umzuschmeißen. Und mit der Zeit hatte ich sie so sehr provoziert, dass sie tatsächlich auf mich losgingen, zuerst mit den Fäusten und dann mit den Füßen. Ob das schon alles sei, wollte ich wissen, als ich schon aus der Nase blutete, und erklärte ihnen, sie seien fertige Schlappschwänze und ich hätte noch nie solche lausigen Memmen gesehen, die so schwach schlügen. Das hat sie natürlich noch mehr angespornt, klar. Aber ich, ich war eben bereits angespornt. Und sie schlugen weiter zu, immer heftiger, immer brüsker, immer brutaler, bis ich am Boden lag und dann immer noch mehr, bis ich kaum mehr Luft hatte. Und kurz bevor mir der Laden runterging, das heißt, bevor ich ohnmächtig wurde, hätte ich noch einmal gehaucht: Der Keeper bin ich! Der Keeper ... Danach wurde mir schwarz vor Augen, und von da an weiß ich nur noch, dass ich zu Hause erwachte, in meinem eigenen Bett. Und Vater machte ein Riesentheater und Mutter sagte, sie mache sich Sorgen, was aus mir noch werden soll.

Regula schaut mich an, mit diesem wunderbar staunenden Blick, den sie nur ganz selten draufhat. Das gibt's doch gar nicht, sagt sie.

Ah, doch, doch, Regula, das gibt es, das gibt es, und außerdem gibt es noch ganz viel anderes, das kannst du mir glauben.

Unsere beiden Köpfe waren sich ganz nahe. Sie schaute mich immer noch so an, und ich kriegte fast den Eindruck, sie suche auf meinem Gesicht noch nach Spuren von diesem Kampf, der zwanzig Jahre zurücklag. Ich rückte noch ein paar Millimeter näher an sie ran, legte langsam meine Hände an ihre Wangen und küsste sie auf den Mund, nicht gierig, aber direkt. Und das Entscheidende war: Regula küsste mich zurück, lange, lieb und richtig. Endlich.

18.

Am nächsten Tag ging ich nicht zur Arbeit. Wenn du so glücklich bist, wie ich an diesem Morgen, kannst du nicht einfach so arbeiten gehen, als wäre nichts; das ist eine Frage der Selbstachtung. Also machte ich ohne anzurufen blau. Deshalb musste ich annehmen, als mitten am Vormittag das Telefon klingelte, es sei jemand von der Bude, der sich erkundigen wollte, was los sei. War also in dem Moment, als ich meinen Namen ins Telefon sagte, bereits völlig in der Defensive. Doch dann hör ich genauer hin, und am anderen Ende der Leitung meldet sich Uli.

Ich war froh, musste ich keine Ausrede fürs Schwänzen erfinden. Uli! Ich glaub's ja nicht! Das ist eine Überraschung. Gibt's dich überhaupt noch?

Was machst du, Keeper?

Ich bin zu Hause.

Ja, das merk ich.

Eigentlich wär ich auf der Arbeit.

Ach ja, stimmt, da hab ich gar nicht daran gedacht, dass du am Malochen sein könntest. Aber, jetzt, da du am Telefon bist, nehme ich an, du seist eben gerade nicht auf der Arbeit.

Du bist ein ziemliches Genie im Kombinieren, Uli, ich staune.

Nicht wahr, nicht wahr.

Wo bist du?

Ich bin auch zu Hause!

Schluss mit Landwirten?

Urlaub!

Was soll das heißen? Du bist noch nicht abgehauen? Du gehst wieder zurück?

Ja, klar, bin noch nicht fertig dort. Das ist eine längerfristige Geschichte bei dieser Bauernfamilie. Sind im Fall nicht die Schlechtesten, ehrlich nicht. Aber nun hab ich mal Urlaub, bis übermorgen.

Sehr gut, dann nehm ich mal an, wir sehen uns.

Deshalb ruf ich an, Keeper.

Wir trafen uns beim Südbahnhof. Obwohl es kalt und hässlich war, wollte Uli ein wenig spazieren gehen. Er sah viel besser aus. Ich möchte sogar behaupten wollen, er habe normal ausgeschaut, ungefähr so wie ein normaler Mensch.

Das Leben auf dem Bauernhof tat ihm sichtlich wohl. Und mir kam Edi in den Sinn. Edi war so ne Figur aus unserer Primarschulzeit, also eine Figur aus einem Lehrmittel. Mit den Geschichten über Edi lernten wir lesen. Edi, Mama, Papa, hieß es zum Beispiel auf einem Blatt, oder Edi ist im Bett. Edi ist im Haus. Edi ist im Garten. Edi ist am Tisch. Edi ist still. Iss, Edi, iss. Lauf, Edi, lauf, und so weiter. Und wie gesagt, dieser komische Edi im kantonalen Lehrmittel der ersten Primarschulklasse, der war etwas schmächtig und bleich. Also durfte er zu Verwandten auf den Bauernhof, damit er endlich mal zu Kräften kommt. Und bei dieser Gelegenheit lernten wir Erstklässler auch noch gerade, wie man die Tiere nennt: Edi ist im Stall. Edi sieht ein Schwein. Edi sieht ein Kalb. Edi sieht ein Huhn. Edi isst Suppe. Edi ist brav. Edi ist froh. Meine Güte, war das ein Ding mit diesem Edi! Mit diesem kranken Bubi lernten ganze Jahrgänge lesen und schreiben, das muss man sich mal vorstellen! Wenn man das mit diesem Edi erst mal begriffen hat, versteht man vielleicht auch uns ein wenig besser. Und wie dieser Edi vom Bauernhof zurückkommt, hatte er sogar rote Wangen.

Ich sag zu Uli, dass mir jetzt das alles mit diesem Edi in den Sinn kommt, so wie ich ihn sehe, und frage ihn, ob er sich noch an Edi erinnern könne.

Kommt mir irgendwie bekannt vor, weit entfernt, aber wirklich nur, weil du es jetzt erzählst. Hätte es beinahe vergessen gehabt. Sag mal, Keeper, weshalb vergisst du solches Zeugs nie? Das ist doch unendlich lange her. Vergiss all das doch einfach.

Wieso soll ich das vergessen? So was braucht ja nur wenig Platz im Hirnkasten. Ich kann mir vieles merken, und das eine oder andere kann ich manchmal wieder hervorholen und brauchen. Das tut manchmal gut, wenn man so Sachen hinten hervorholen kann. Aber sag mir was anderes, Uli. Wie gut kennst du eigentlich Stoferchen?

In dem Moment, wie ich das sage, dreht Uli den Kopf langsam zu mir und kriegt einen Hustenanfall. Ich warte geduldig, bis er ausgehustet hat, warte auf eine Antwort und sehe, dass er schon fast wieder krank ausschaut.

Stoferchen?

Ja, Stoferchen.

Wie gut ich ihn kenne?

Genau. Wie gut du ihn kennst.

Geht so. So wie du. Kenne ihn aus der Kneipe, vom Bechern. Vom Folienrauchen. Ab und zu hat er was rausgelassen. Ein Grämmchendealer. Ein kleiner Fisch. Keine große Nummer. Das weißt du ja selbst. Wieso fragst du?

Ist es wohl möglich, dass Stoferchen und Pesche vom Maison und du und dieser Franzose, den ich mal in Pontarlier abgeholt habe, ist es wohl möglich, frage ich mich, dass ihr mal alle zusammen beschlossen hattet, ein großes Business aufzuziehen? Ich mein, sag mal selbst, das wäre doch denkbar, dass ihr euch einmal gesagt habt, Schluss mit diesem Grämmchenfirlefanz, Schluss mit Fünfzigerscheinchen und Hunderterscheinchen, jetzt steigen wir mal in die richtig große Liga auf.

Uli schaut mich noch immer an.

Und sag mal, Uli, ist es vielleicht möglich, dass es aus irgendeinem perversen Grund zu eurem Plan gehörte, dass ich einsitzen musste? Ist es möglich, dass jemand die Idee hatte, dass man den Keeper opfern könnte, wozu auch immer?

Sag mal, Keeper, hast du einen in der Krone? Hast du Tabletten genommen?

Nein, im Gegenteil, ich bin klar wie ein Bergsee. Und auch wenn ich manchmal ein wenig naiv dreinschaue, kommt mir dieser Gedanke nicht gut rein. Ich meine, sorry, es gibt mir ziemlich zu denken, dass ihr alle auf meine Kosten einen schönen Deal gemacht haben könntet, und ich, ich meine immer noch, ihr seid alle zusammen meine Freunde oder wenigstens meine Kumpel.

Auf deine Kosten? Vielleicht hast du es schon vergessen, aber du hast von mir fünf Riesen erhalten!

Und fast ein Jahr Witzwil. Vergiss Witzwil nicht, Uli. Mit fünf Tonnen kann ich mir keine Hütte kaufen in Spanien unten, nicht mal eine ganz kleine, nicht mal in Marokko.

Was willst du von mir, Keeper?

Nichts.

Was laberst du denn?

Ich hätte nur einfach gerne gewusst, wie ihr lausigen Kleinkrämer, die sonst kaum in der Lage sind, ein halbes Gramm Eitsch zu verticken, plötzlich auf die Idee kommt, dick ins Business einzusteigen. Aber was mich noch mehr interessieren würde: Wieso man für euer Business so ne harmlose Nummer wie mich aus dem Weg räumen muss. Wessen Idee war das? Und sag mal: Wie lange kennen wir uns schon?

Seit immer.

Das ist eben genau falsch, Uli. Du kennst mich schlecht, und ich, ich lerne dich erst jetzt ein wenig kennen.

Uli bog im Schorenwald brüsk nach links ab, und ich überlegte mir einen Moment lang, ob ich nach rechts solle und einfach ohne ihn weitergehen. Aber danach fand ich, so einfach wolle ich es ihm nicht machen. Also blieb ich noch ein wenig bei ihm.

Was hattet ihr da genau am Laufen? Oder habt ihr gar immer noch was am Laufen?

Keeper, ich weiß nicht, von was du schwatzt. Du nimmst zu viel komisches Zeugs. Solltest vielleicht auch mal auf einen Bauernhof.

Ich nehm nichts, Uli, ich nehm gar nichts.

Du wirst es wissen.

Wie geht's Marta?

Sie hat nichts damit zu tun.

Ich frag nicht deswegen.

Gut, so weit. Hast du sie nie gesehen, in letzter Zeit.

Ich war in Spanien, und sonst habe ich meist viel gearbeitet.

Hör mal, Keeper, mir ist ein wenig übel. Ist es o.k. für dich, wenn wir langsam umkehren.

Kein Problem. Ich weiß doch, dass Uli Meister im Wechseln von Themen ist oder im ganz Abwürgen von Themen.

Nur noch was, Uli, was Wichtiges: Ich hab nie einen Namen rausgelassen, weder beim Fahnder Gross noch vor Gericht noch sonst wo. Ich hielt dicht wie ein fabrikneuer Ölmantel. Und das wusstet ihr. Ihr wusstet auch, dass man mich opfern kann und dass ich nie einen Namen rauslassen würde. Das Einzige, was mir nicht in den Schädel passen will, ist, warum ihr euern Scheiß nicht einfach durchziehen konntet, ohne mich zu verheizen. Ihr hättet mich doch draußen lassen können, das hätte ja nichts verändert, außer dass ich meinen Frieden gehabt hätte und ihr den euren.

Uli zittert. Auf seinem Gesicht hat er so einen kranken, käsegelben Schweißfilm. Das kenne ich von mir selber, von damals, als ich selbst noch drauf war. Ich weiß nicht, was in diesem Moment in Uli drin genau vorgeht. Aber ich merke und sehe, dass er sich schämt. Wie ein Hund.

Red doch mit Pesche.

Das mach ich, Uli, das mach ich, da kannst du sicher sein.

Danach redeten wir kein Wort mehr, bis wir bei mir zu Hause ankamen. Ich fragte ihn gar nicht, ob er noch auf ein Gläschen mit reinkommen wolle. Ich sagte nur tschüss, und das war's.

Den Nächsten, den ich mir vornahm, war Stoferchen. Suchte seine Nummer raus und rief ihn gleich an. Er ging nicht ran. Also machte ich mir einen Kaffee und wartete. Danach überlegte ich mir, wo dieser magere Clown rumhängen könnte um diese Zeit. Halb vier Uhr nachmittags. Da ist Stoferchen sicherlich schon beim ersten Becher. Die Frage ist höchstens, wo.

Ich wende die Wahrscheinlichkeitsmethode an. Schaue erst mal in der Tränke nach. Volltreffer. Und mit wem sitzt er am Tisch? Klar, das konnte mich nicht mehr wundern. Hallo, Pesche, hallo, Stoferchen. Ist wohl bei euch noch der eine oder andere Platz frei.

Was willst du?, fragt Stofer.

Mich dazusetzen, und setze mich dazu.

Sehr witzig, sagt Pesche.

Gottverdammt, Burschen, ich kann nicht immer witzig sein, nicht mal Charlie Chaplin ist immer witzig. Aber wozu erzähl ich das? Ihr wisst ja eh nicht, wer Charlie Chaplin ist, weil ihr sowieso nicht so viel wisst und immer nur so Scheißfilme schaut, die man gleich wieder vergisst, weil ständig nur Autos explodieren. Der frühe Charlie Chaplin, den solltet ihr kennen, den müsst ihr euch mal anschauen, das ist einer, dem passiert in vielen Geschichten ähnlicher Mist wie mir, und die, die zuschauen, die finden es unglaublich lustig, auch wenn es dem Charlie dabei dreckig geht.

Ich sag euch, das ist was, das es im Leben auch immer wieder gibt, dass man dann am meisten lacht, wenn es eigentlich am himmeltraurigsten ist. Mach ja nichts. Das muss vielleicht so sein. Nur miteinander sollte man lachen können, und nicht über einander. Und das, was vor allem antinormal ist, ist, dass ausgerechnet ich immer die Rolle von Charlie Chaplin einnehmen muss, von dem, der auf die Schnauze fällt oder von einem Hund in den Arsch gebissen wird, damit die anderen was zu lachen haben. Aber im Unterschied zu diesem Charlie Chaplin konnte ich mir meine Rolle nicht aussuchen.

Komm doch endlich mal auf den Punkt, Keeper! Du seierst zu viel. Nee, wirklich. Du Depp bist doch null Prozent normal. Also hör auf zu labern oder geh sonst wohin nerven.

Burschen, was nehmen wir noch? Haben sie hier spanischen Roten, wenn ich euch sehe, hab ich gleich Lust auf spanischen Rotwein. Warum das so ist, weiß kein Schwein, aber es ist so. Also, Jungs, wer bezahlt ne Runde? Ich würde das Bestellen übernehmen.

Sag jetzt, was du willst, sonst mach dich weg!

Ich sag's doch. Ich hab Lust auf spanischen Roten, aber ich nähme sonst auch spanischen Brandy oder spanische Nierchen.

Ich sag es noch ein letztes Mal, Keeper, komm zur Sache und laber nicht rum.

Ich laber eben gerne. So wie andere gerne größere Dinge drehen, so wie andere gerne große Drogenbarone wären und gerne größere Beträge bewegen würden, so laber ich gerne rum.

Jetzt packt mich Pesche dermaßen am Kragen, dass es mir die

beiden obersten Knöpfe am Hemd abreißt. Sein Griff an meinem Hals dreht mir praktisch die Luft ab.

Es reicht, Keeper!, sagt Pesche, jetzt hörst du mal mir zu!

Stofer sitzt währenddessen stumm daneben und mustert die Tischplatte. Aus der Menage mit den Notfallgewürzen nimmt er einen Zahnstocher und beginnt darauf herumzukauen. Ich versuche nicht einmal, mich gegen den Griff von Pesche zur Wehr zu setzen. Im Gegenteil, ich versuche, so gut ich kann, zu schauen, dass er schön heiß bleibt.

Toll, Pesche, du bist ein starker Typ, würge ich mit der letzten Luft raus. Du machst mir Angst, Peterchen, du Pseudoschwingerkönig. Wenn du noch ein klein bisschen mehr zudrückst, sterbe ich vor Angst.

Kannst du nicht ein einziges Mal für ein paar Minuten die Schnauze halten! Du laberst und laberst und laberst und hast keine Ahnung von nichts. Wenn du mal ne halbe Minute still wärst, würde ich dir erzählen, wie es wirklich war.

Wenn du mich ein wenig loslassen würdest, dann könnte ich wahrscheinlich besser die Schnauze halten. Weißt, so wie du mir die Luft abdrückst, muss ich den Mund offen behalten.

Pesche lässt mich los und erzählt. Er erzählt eigentlich nicht so viel, wie er redet, aber das ist wohl einfach die Natur des Menschen. Das mache ich ja ebenso. Reden kannst du immer viel. Reden kann jeder Volltrottel. Erzählen ist etwas schwieriger.

Pesche behauptet, nicht er sei der Initiant dieses größeren Deals gewesen, sondern dieser französische Maler. Der hätte nämlich Uli, Stoferchen und ihn unter Druck gesetzt. Der Franzos sei es auch gewesen, der die Idee mit dem Haus in Spanien gehabt hätte. Er selber, also der Franzose, habe in dieser Gegend eine Kneipe. Und dass ich in den Knast musste, dafür sei ich selber verantwortlich, das sei nämlich nur passiert, weil ich den Stoff nicht rausgerückt hätte, den der Franzose in meinem Auto habe liegenlassen. Hätte ich nicht so saublöd getan, hätte ich die fünf Noten gehabt, die sie mir versprochen hatten, und das wär's gewesen. Kein Stress, kein Fahnder Gross, kein überhaupt gar nichts und fünf Tonnen steuerfrei.

Pesche, du merkst ja nicht mal, welch verkochte Hundekacke du rauslässt! Ihr macht einen wunderschönen Deal, der alles in allem weiß nicht wie viel Kohle einbringt, jedenfalls genug, um ne Hütte in Spanien zu kaufen. Und mir präsentierst du es jetzt, als wär es nur um einen Spitzbubenstreich gegangen, der für mich vielleicht ein wenig unangenehme Konsequenzen nach sich zog und für euch nicht. Aber ihr Krüppel musstet nicht nur nicht in den Knast, ihr habt auch ordentlich Zaster verdient. Das ist doch der Punkt, Peterchen: Für euch ein Haus und für mich ein Taschengeld und ein Jahr im großen Moos. Ich bedanke mich, Pesche. Und danke für den Wein, auch wenn er etwas sauer ist. Und tschüss.

Sag, was du willst, Keeper. Sag, was du verlangst. Vielleicht können wir uns einig werden.

Nichts, von euch will ich gar nichts. Ein wenig Stolz hab ich noch. Ehrlich, ich will nichts, ich will nach Hause.

Pass auf, was du rumerzählst, Keeper, ich warne dich!

Schon in Ordnung, Onassis.

19.

Ich ging nicht nach Hause. Der Abend war noch nicht mal angebrochen, also stolperte ich etwas wahllos durch den Nebel. War ich wütend? War ich auf Rache aus? Nein, nichts davon, nur eine Leere im Ranzen und Lust auf Braunes.

Irgendwann kam ich am Friedhof vorbei, und es zog mich rein. Beim Bourbaki-Denkmal blieb ich stehen. Arme Typen, dachte ich. Zuerst dieser hässliche Krieg gegen die Deutschen. Danach flüchten sie in die Schweiz. Dann spült es sie ausgerechnet in unsere Gegend. Und dann sterben sie auch noch hier. Die Schweiz rettete damals den Bourbaki-Soldaten das Leben, aber das Leben kannst du sowieso nicht retten, weil früher oder später gehst du eh. Und trotzdem, für die, die jetzt auf unserem Friedhof liegen, war es besonders bitter, weil sie in so einem Dorf und so weit weg von zu Hause den Hut nehmen mussten.

Warum mir auf dem Friedhof immer so ungefähr das Gleiche in den Sinn kommt, weiß ich selbst nicht. Jedenfalls ging ich dann zum Grab meines Vaters. Dort dachte ich an Ulis Vater. Zu meinem eigenen Vater ging mir hingegen wenig bis nichts durch den Kopf.

Eh, guten Tag, Keeper.

Guten Tag, Frau Balsiger, guten Tag, guten Tag.

Am Grab des Vaters?

Muss zwischendurch mal sein.

Ja, klar, das tut manchmal gut. Wie geht es Ihnen so, Keeper?

Gut, danke, und selber?

Ich will nicht klagen.

Tipptopp, das hört man gerne.

Wie geht's der Mutter? Hab sie schon lange nicht mehr gesehen. Seit sie nicht mehr zum Turnen kommt, seh ich sie selten bis gar nie.

Es geht ihr gut, danke.

Und Sie, Keeper, haben Sie sich wieder eingelebt? Waren ja lange weg.

Ja, fast ein Jahr, aber man ist schnell wieder im alten Trott.

Genau, so ist es.

Genau.

Und jetzt arbeiten Sie bei Maags in der Druckerei, hab ich gehört.

Das stimmt genau.

Unsere Marlies hat auch mal dort gearbeitet.

Wirklich?

Ja, ist allerdings schon eine Weile her. Aber sagen Sie mal, Keeper, ich frag immer am liebsten gleich direkt, statt mich auf Umwegen zu erkundigen: Stimmt es eigentlich, dass Sie eine Haftstrafe verbüßt haben?

So was Ähnliches. Sie haben recht. Aber unterdessen ist alles wieder gut.

Nicht wahr? Manchmal geht es so im Leben, und manchmal anders.

Das ist korrekt.

Also, dann wünsch ich Ihnen noch einen schönen Abend.

Gleichfalls, danke. Ach, Frau Balsiger, jetzt kommt mir noch was in den Sinn: Ist Rudi eigentlich immer noch bei der Bank?

Ja, er hat sogar die Prokura.

Wo wohnt er eigentlich?

Sie haben in Thunstetten ein Häuschen gebaut. Wussten Sie eigentlich, dass der Rudi schon zwei Kinder hat?

Vom Hörensagen. Also dann noch mal, auf Wiedersehen, Frau Balsiger.

Auf Wiedersehen, Keeper, machen Sie's gut.

Mach ich.

Die Mutter vom kleinen Balsiger ist recht eigentlich eine Nette, ich mein, im Vergleich zu anderen Leuten, die ich kenne. Und dass sie mich selber fragt, wenn sie was von mir wissen will, finde ich auch nicht schlecht.

In einer Telefonkabine neben dem Friedhof schlage ich das Telefonbuch unter Thunstetten auf und suche die Adresse vom kleinen Balsiger. Danach gehe ich durch den Nebel zu ihm rauf. Als ich klingle, ist er noch beim Abendessen, sagt aber, es mache nichts, ich solle nur reinkommen. Seine Frau stammt aus dem Solothurnischen. Eine dieser Frauen, die einem mehrmals vorgestellt werden, aber den Namen und das Gesicht kann man sich trotzdem nicht merken, weil sie einfach überhaupt nichts hat, das einem bleiben würde. Sie ist freundlich und sagt, ich solle Platz nehmen, es habe noch Risotto, aber ich lüge und sage, ich hätte bereits gegessen. Und weil der kleine Balsiger sagt, er habe sowieso schon aufgegessen, bringt er mich ins Wohnzimmer, so dass sie unterdessen die Bälger ins Bett bringen kann.

Im Wohnzimmer hat es ein Ledersofa und zwei dazu passende Sessel. Das Büchergestell und das Fernsehtischchen in der gleichen Farbe. Anthrazit. Wenn das überhaupt eine Farbe ist, ist es eine, die es praktisch nur in Möbelkatalogen oder PKW-Katalogen gibt. Ich könnte schwören, Balsigers Wagen ist auch anthrazitfarben. Ich betrachte noch ein wenig das große Bild, welches er über dem Sofa aufgehängt hat, eine Abendstimmung am Mittelmeer, Wasserfarben, schön und etwas beliebig, fast wie seine Frau. Ob ich gerne einen Kaffee hätte, fragt der Balsiger. Ja gern, sag ich und frage, ob man bei ihm rauchen darf.

Lieber auf der Terrasse, weißt du, wegen den Kindern.

Klar, kein Problem, ich kann mich auch zurückhalten.

Was führt dich zu mir, Keeper?

Ich brauche eine Bankauskunft.

Willst du eine Hypothek?

Wie er das sagt, sieht der kleine Balsiger etwas aus wie einer, der eine Frage stellt und dann gleich merkt, dass es eine saublöde Frage war. Ich antworte noch nichts, und er geht zwei Kaffee holen. Hat bestimmt eine gute Kaffeemaschine, denke ich noch und schaue, was für Bücher er im Büchergestell hat. Die meisten sind wohl die Bücher seiner Frau, viel persönliche Schicksale, viel Lebensberatung. Wenigstens darf man hoffen, sie finde was in diesen Büchern, das ihr tatsächlich hilft.

Was nimmst du in den Kaffee? Zucker, Sahne?

Nein, nichts oder vielleicht höchstens einen richtigen Schluck Obstler oder so was.

Ich kann dir auch einen Cognac anbieten.

Noch besser.

Also Keeper, du wolltest etwas im Zusammenhang mit der Bank fragen.

Ja, weißt du, nur etwas Theoretisches. Wie ginge das, nur mal angenommen, ich hätte von heute auf morgen plötzlich extrem viel Geld, sagen wir, eine halbe Million oder so. Könnte ich da einfach zu euch kommen und sagen: Burschen, ich habe da viel Moneten, macht mir ein Konto auf und fragt nicht, wo dieses Geld her ist.

Unter Umständen ginge das. Kommt drauf an. Aber es würde uns natürlich schon zu denken geben. Also ich persönlich, ich hätte kein gutes Gefühl. Ich würd schon nachfragen, vor allem bei jemandem, der nicht schon Geld bei uns hat.

Du meinst also, wenn einer schon ziemlich Kohle bei der Bank hat und danach plötzlich noch viel mehr, dann fällt das weniger auf, als wenn einer gar nichts hat und danach plötzlich viel?

Das ist gewiss so.

Und wenn nun derjenige, der schon Kohle hat und von irgendwoher noch ganz viel dazubringt, plötzlich sagt, er wolle in Spanien ein Haus kaufen, würdest du ihm eine Hypothek geben?

In dem Moment, wie ich das Wort Spanien sagte, schluckte der kleine Balsiger mehrmals leer, ich hab es genau gesehen. Aber dann fing er sich wieder und sagte ziemlich ruhig.

Vielleicht, das kann gut sein, weißt du, Hypotheken vergibt

man bei uns nach verschiedenen Kriterien. Eigenkapital, Wert der Liegenschaft, Einkommen, Zinsentwicklung und so weiter. Und sieht alles gut aus, kriegt er die Hypothek. Warum fragst du?

Weil ich Lotto spiele.

Ich wusste genug und versuchte mit Balsiger noch etwas von früher zu reden. Es harzte. Das verwunderte mich nicht. Man muss nur seine Einrichtung in Anthrazit anschauen, um zu merken, dass er mit seiner Vergangenheit nicht mehr viel zu tun haben möchte. Der kleine Balsiger stellte die Erinnerung an seine Vergangenheit in eine Ecke, so wie man einen alten Sessel auf den Dachboden raufstellt. Die Vergangenheit ist für den Balsiger nur ein notwendiges Übel. Eine Vergangenheit im guten Sinne gibt es für ihn nicht. Also erzählte ich ein wenig von mir, sagte, es gehe mir jeden Tag etwas besser und ich hätte wohl das Schlimmste verwunden und etwas gelernt dabei, auch wenn ich noch nicht herausgefunden hätte, was genau, aber gelernt hätte ich auf jeden Fall etwas. Das freute Balsiger, und ich glaube, er meinte es ernst, als er sagte, er wünsche mir alles Gute.

Ich wartete noch, bis seine Frau aus dem Kinderzimmer zurückkam. Danach sagte ich danke und auf Wiedersehen und ging.

Draußen war es dunkel, feucht und es ging ein Wind, vor allem der Wind, eine kalte Luft, eine von denen, die die Lunge angreift. Macht nichts, dachte ich, gehst einfach schneller, dann wird es dir schon warm werden. Und als ich eine halbe Stunde später beim Gross klingelte, war mir schon fast heiß.

Tut mir leid, Sie müssen entschuldigen, dass ich Sie um diese Zeit noch behellige.

Schau an, der Keeper! Das ist nun wirklich keine schlechte Überraschung.

Guten Abend, Herr Gross. Darf ich reinkommen.

Komm nur rein, Keeper, komm rein. Was führt dich zu mir?

Guten Abend, Frau Gross.

Guten Abend, Keeper.

Gross sagte zu seiner Frau, sie solle noch ein Glas hinstellen, er war nämlich gerade mit ihr in der Küche am Rotwein. Das war ein schöner Gedanke, dass unser Jäger, wenn er nicht gerade irgendeinen Kleinkriminellen verfolgt, am Abend mit seiner Frau in der Küche sitzt und Rotwein trinkt. Ich sagte, das sei sehr nett, aber ich möchte kein Durcheinander im Magen und deshalb wäre es lieb, wenn er mir ein wenig Cognac hätte.

Das ist, was mir an dir gefällt, Keeper, du bist nie bescheiden.

Wissen Sie, was mir an Ihnen gefällt, Herr Gross? Dass Sie mit Ihrer Frau in der Küche eine Flasche Roten trinken. Jeder andere in Ihrem Alter und Ihrer Lage würde jetzt wahrscheinlich fernsehen und mit seiner Frau nur das Nötigste reden, aber Sie nicht, nein, Sie nehmen zusammen einen Roten und erzählen sich was.

Mit Fernsehschauen kommst du nirgends hin, Keeper.

Eben, sag ich ja. Aber mit ehrlicher Arbeit auch nicht. Schauen Sie, Herr Gross, ich hab jetzt seit mehr als einem Monat eine feste Stelle, aber glauben Sie mir, ich hab noch nichts auf der Seite.

Musst dich gedulden, Keeper, Geduld bringt Rosen.

Wissen Sie, was ich glaube, Chef, ich glaube, ich habe schon zu viel Geduld gehabt im Leben, viel zu viel Geduld und viel zu wenig Rosen.

Was willst du damit sagen, Keeper?

Ich will sagen, dass ich gehe. Ich bin gekommen, um mich zu verabschieden, Herr Gross. Sie haben einen weniger, nach dem Sie schauen müssen.

Der Zivilfahnder Gross schaute mich mit großen Augen an, und seine Frau schenkte mir Cognac ein, ohne etwas zu sagen.

Und vorher willst du noch bei mir reinen Tisch machen?

Ich hab schon reinen Tisch gemacht. Ich weiß jetzt, wer meine Freunde sind und wer eher nicht.

Erzähl mal, Keeper. Mir kannst du deine Geschichten erzählen. Heute Abend hab ich Zeit.

Sie kennen mich gut, Herr Gross, nur vielleicht nicht gut genug. Ich erzähle gerne eine Geschichte, aber über dieses Business, das euch interessieren könnte, erzähle ich gar nichts. Das Einzige, was ich sagen kann, ist, dass ich jetzt mehr oder weniger den Durchblick habe. Und deshalb nehme ich den Hut. Mich hält nichts mehr in diesem Dorf, außer vielleicht Regula, aber die kann ja mitkommen, wenn sie will.

Gross wollte wissen, was ich rausgefunden hatte. Ich erzählte nichts, nichts von Pesche, nichts von Stoferchen, nichts von Uli und nichts von diesem komischen Franzosen, der ausschaut wie ein Araber. Nein, von dem erzählte ich erst recht nichts. Als ich bei Gross klingelte, hatte ich mir ja noch überlegt, alles zu erzählen, damit diese Jungs auch ein wenig im Dreck stecken würden, so wie ich damals. Aber dann war es mir nicht mehr darum.

Sollen doch diese abgehalfterten Deppen ihre Hütte am Meer behalten. Sie haben es ja sonst nie zu nichts gebracht. Und wenn sie jetzt mal was halbwegs erfolgreich durchgezogen haben, dann soll es am Ende nicht an mir scheitern. In Witzwil wartet niemand auf die.

Überleg es dir noch mal, Keeper. Wenn du was weißt, ist es gescheiter, es mir zu sagen, als auf eigene Faust irgendeinen Scheiß zu bauen.

Ich mach keinen Scheiß, Herr Gross, ich mach nur einen Abgang. Ende des Monats ziehe ich weg.

Wo willst du hin?

Weiß es noch nicht genau, nicht allzu weit, Bern, Zürich, Basel, keine Ahnung, aber auf jeden Fall in eine Stadt, irgendwo hin, wo ich weniger berühmt bin.

Er lächelte müde, so wie einer, der es gut meint mit einem. Dann gab er seiner Frau mit den Augen ein Zeichen, und sie schenkte mir Cognac nach.

Zu Hause rief ich Regula an.

Schläfst du schon?

Nee, was machst du?

Ich ruf dich an, Regi, ich vermisse dich.

Wir sollten uns Zeit nehmen, Keeper, ich bin nicht so schnell in solchen Dingen. Hab mich ja erst gerade von Buddy getrennt.

Nimm dir Zeit, Regi, nimm dir deine Zeit. Du hast Zeit. Aber ich nicht, ich geh nämlich weg von hier.

Wie? Wo gehst du hin, Keeper?

Ich weiß es noch nicht.

Ins Ausland?

Nee, nee, so weit nicht, aber in eine Stadt.

Was soll das jetzt plötzlich?

Ja. Hab es eben erst beschlossen, aber ich zieh es durch. Ich bin nicht wie dieser Glöckner vom Maison, der seit Jahren bei euch rumhockt und alle halbe Jahre wieder von irgendeinem großen Ausland-Projekt erzählt, das er jetzt dann gleich durchziehen wird. Und wenn du genau hinschaust, sitzt er immer noch dort, immer an seinem gleichen Tischchen vor seinem gleichen Bierchen und bewegt sich keinen Millimeter. Nein, ich bin nicht der Glöckner. Ich sag genau einmal, ich gehe, und dann geh ich auch.

Was bedeutet das für uns?

Nichts weiter. Ich hab gesagt, ich lasse dir Zeit. Ich verlieb mich nicht in eine andere, mach dir keine Sorgen. Du hast so viel Zeit, wie du willst. Und wenn du es dir überlegt hast, kannst du mir nachreisen.

Weißt du, Keeper, ich hab etwas Mühe mit dieser Idee.

Was wollte ich darauf erwidern. Ich hatte ja selbst auch die Hosen voll, aber man kann doch nicht bereits Angst haben, bevor man was angefangen hat. Also sagte ich ihr, alles wird gut, und sie solle mal gut schlafen und ich liebe sie. Das hat sie so angenommen.

Am Tag darauf kommt ein Einschreiben. Ich hole es am Abend auf der Post ab, dort heißt es, ich hätte diesen Wagen gewonnen, den von diesem Preisausschreiben, den ich mal in meinem Stumpfsinn ausgefüllt hatte. Ich konnte mich schon fast nicht mehr erinnern, ich löse ab und zu Preisrätsel, da weißt du dann nicht mehr so genau, was du wann ausgefüllt hast.

Das Lösungswort war Freiheitsstatue gewesen, und deshalb erinnerte ich mich wieder. Ich hatte damals ein wenig auf den zweiten Preis gehofft, eine Reise nach New York. Aber nun ist es halt der erste Preis, ein Ford Fiesta. Auch nicht schlecht, wenn man bedenkt. Kommt man wenigstens mal aus dem Haus. Ich nehme den Wagen als Zeichen, dass meine Glückssträhne erst richtig anfängt und dass das mit Regula auch noch gut kommen wird. Sobald ich alles erledigt hab, was zu erledigen ist, haben sie mich hier gesehen. Ich bin wohl alles in allem ein kleiner Verlust für die Gemeinde. Doch, doch, das ist keine Frage, so einen wie mich können sie wohl problemlos verschmerzen.

20.

Seit ich aus Schummertal weg bin, geht es eher wieder bergab mit mir. Nicht schlimm, und doch ist es unbestreitbar. Ich war nie einer, der sich einbildet, ein neuer Ort mache einen neuen Menschen aus einem. Aber man muss den Tatsachen ins Auge schauen. Dort, wo ich weg bin, vermisst mich keiner und dort, wo ich mich jetzt rumtreibe, hat keiner auf mich gewartet. Das sind Realitäten, jawohl.

Wie ich in Bern die neue Wohnung so einigermaßen eingerichtet hatte, knallte ich zuerst einmal in der Nähe von Ittigen mit meinem gewonnenen Wagen in einen Baum. Dumm gelaufen, saudumm. Ich selber hatte noch Schwein. Es hat mir weniger geschadet als dem Ford. So gesehen bin ich jetzt wieder Fußgänger.

Regula meldet sich nicht mehr, schon länger nicht. Paco, der Wirt vom Spanier in Schummertal, den ich zufälligerweise mal in Bern antraf, wollte gehört haben, sie habe sich mit Buddy versöhnt und sei wieder bei ihm eingezogen. Sie arbeite immer noch bei Pesche. Der habe übrigens das Maison komplett neu eingerichtet, etwas auf modern gemacht, anthrazitfarben und so.

Woher willst du das wissen, Paco?

War ich dort oder nicht?

Nein, ich meine das mit Regula und ihrem ekligen Buddy, der keinen Anstand kennt.

Ich wisse doch, dass in Schummertal immer jeder alles von jedem wisse, sagt Paco.

Das mit dem Maison glaub ich dir gerne, aber ich möchte gerne wissen, woher du weißt, dass Regula wieder mit Buddy geht.

Vox populi.

Was soll das heißen?

Das ist Latein. Es heißt: Des Volkes Stimme.

Vox populi? Klingt ziemlich hochgestochen, nimm dich in Acht, Paco, sonst denkt einer noch, du seist ein Snob.

Was will man da? Mich ermüden solche Neuigkeiten eher. Traurig? Auch ein bisschen. Die Geschichte mit Regula macht mich traurig, doch, wie gesagt, traurig und müd. Ich schließe kurz die Augen und sehe Regula vor mir und denke an unseren Kurzaufenthalt in Spanien, denke an ihre schönen Augen, die leicht schräg im Gesicht stehen, denke an den einzigen Abend, an dem wir uns küssten, und verliere mich in Gedanken. Regula wäre gut für mich gewesen, nein, sehr gut. Nur denkt sie wahrscheinlich, umgekehrt sei es anders. Wenn eine normale Frau aussuchen kann zwischen einem Drogenabhängigen wie mir und einem gewalttätigen Idioten wie diesem Buddy, dann hat sie wohl nicht die besten Auswahlmöglichkeiten, nicht wahr.

Wär ich Regula, hätte ich mich wohl anders entschieden. Ich hätt's mit so nem Keeper wenigstens versucht. Es hätte ja auch gut kommen können. Und wenn ich mir nun vorstelle, dass sie doch wieder bei Buddy eingezogen ist, verliert ihre Schönheit, die sie damals bei mir zu Hause hatte, etwas an Glanz.

Wenn ich auch nicht viel gelernt habe im Leben, etwas hab ich doch gelernt: Wenn dich eine wirklich nicht will, und du kannst es nicht akzeptieren, dann ist es aus mit dir. Man muss auch verlieren können, gerade in der Liebe.

Bin in solcherart Gedanken versunken, da sagt Paco auch noch, Uli habe den Entzug beim Bauern durchgezogen und arbeite jetzt in der Druckerei Maag, an meiner Stelle. Sein Vater halte seine Hand darüber.

Schön zu hören. Hoffen wir das Beste. Uli hat einen guten Vater, das ist nicht zu verachten. Und außerdem hat er Marta. Die macht, was sie kann. Dafür muss man sie loben.

Und du, Keeper?

Ich hab keinen Vater und keine Frau.

Nee, das mein ich nicht, ich frage, ob du noch Kontakt hast mit Uli.

Ja, gerade jetzt, durch dich.

Aber nicht direkt?

Weißt du, Paco, im Leben muss nicht immer alles allzu direkt ablaufen. Ich hab auf Umwegen schon viel mehr gelernt als auf direkten Wegen.

Du bist manchmal echt kompliziert, Keeper.

Das macht nichts. Es gibt genug andere, die unkompliziert sind. Schau dir den Uli an, der hat seit Jahren ein kompliziertes Leben, aber ist selbst nicht kompliziert.

Uli tut mir leid.

Der muss dir nicht leidtun, Paco.

Stoferchen schreibt mir ab und zu eine Postkarte aus Spanien. Er ist nun meistens dort und geht fast jeden Tag fischen. Schreiben kann er nicht wirklich, aber es ist wenigstens ein Zeichen. Vielleicht, wenn ich mal zu Geld komme, fahr ich zu ihm runter. Den Weg kenn ich ja. Ich könnte noch wütend sein auf Stoferchen, aber bin ich nicht. Bitterkeit bringt nichts. Und wenn man es genau betrachtet, ist Stoferchen auch nicht der Schlechteste. Ein Gangster ist er, klar, wer auch nicht? Jedenfalls ist er von all den vielen Gangstern, die ich kenne, noch lange nicht der Schlimmste.

Und du, Quíper, was machst du?

Ich, ich bin da und nehm einen Becher mit dir. Kannst von mir aus ruhig noch mal nachschenken.

Nein, sagt Paco, er meine beruflich und so.

Ich hab einen Job an einer Schule.

Du? An einer Schule?

Das glaubst du mir nicht, ne? Aber es ist wahr.

Das ist wahr?

Ja, das ist wahr!

Ob ich von ihm auch eine Wahrheit hören wolle, fragt mich Paco noch.

Nicht unbedingt, sagte ich, aber wenn er unbedingt eine Wahrheit loswerden wolle, sei es mir auch egal.

Ich schaue so aus wie früher, so er, wie einer, der zu viele Drogen nimmt, also krank.

Das tat mir leid, aber nicht wegen mir, mehr wegen Paco, weil ich glaube, dass er sich ernsthaft Sorgen um mich machte.

Ich hatte nicht gelogen. Ich arbeite unterdessen tatsächlich in Bern in einem Schulhaus, als Hausmeister-Stellvertreter oder Hilfsgärtner oder wie man das nennen will. Wie ich zu diesem Job gekommen bin, möchte ich selber gerne wissen, aber nun mach ich, was ich kann. Mit den Lehrern komme ich gut aus, mit den Gören ebenfalls.

Und das andere stimmt auch. Am Wochenende nehme ich ab und zu wieder ein wenig Gift, hier einen Smack, dort einen Smack, immer so, dass ich es unter Kontrolle behalte. Hoffe ich wenigstens. Bei dem Zeugs weißt du ja nie. Aber ich nehme es nicht gierig, ich nehm es nur, weil es wärmt. Und falls es mich wieder reinzieht, schau ich dann halt mal.

Alles in allem kann ich mich nicht beklagen. Das heißt, eigentlich hätte ich jede Menge zu klagen, vor allem, wenn ich an die Zukunft denke. Was will man? Für irgendwas hat man ja eine Vergangenheit. Die ist zwar auch nicht nur schön, aber die kann ich wenigstens so erzählen, wie ich will. Und wer weiß, vielleicht fliegt mir dann trotzdem wieder mal ein guter Ball zu.

Foto: Guido Süess

Pedro Lenz, geboren 1965 in Langenthal (Schweiz) ist freischaffender Schriftsteller. Lenz schreibt im Berner Dialekt und auf Hochdeutsch. Viele seiner Texte bringt er mit Musikern auf die Bühne.

Preise: 2005 Kulturpreis der Stadt Langenthal, 2008 Literaturpreis des Kantons Bern, 2010 Literaturpreis des Kantons Bern und Kulturpreis des Schweizerischen Gewerkschaftsbundes SGB, 2011 Preis der Schweizerischen Schillerstiftung und Literaturpreis des Kantons Bern.

Im bilgerverlag erschien 2005 *Das kleine Lexikon der Provinzliteratur* (3. Auflage 2012)

Raphael Urweider wurde 1974 geboren. Urweider ist Lyriker, der auch als Musiker und Rapper auftritt und in seinen Texten häufig von den unterschiedlichsten sprachspielerischen Techniken Gebrauch macht.

Preise: 1999 Leonce-und-Lena-Preis, 2000 Buchpreis des Kantons Bern und Preis der Schweizerischen Schillerstiftung, 2001 Förderpreis zum Bremer Literaturpreis, 2002 3sat-Preis beim Ingeborg-Bachmann-Wettbewerb in Klagenfurt, 2004 Clemens-Brentano-Preis, 2009 Einzelwerkpreis der Schweizerischen Schillerstiftung.

Pedro Lenz

Der Keeper bin ich

Aus dem Berner Dialekt von Raphael Urweider

1. Auflage 2012

Die Originalausgabe erschien 2010 unter dem Titel *Der Goalie bin ig* im Verlag Der gesunde Menschenversand, Luzern

prohelvetia

Der Verlag dankt der Kulturstiftung Pro Helvetia für die Unterstützung bei der Finanzierung der Übersetzung durch Raphael Urweider.

Ein Dank geht ebenfalls an Nicolai Kobus aus Hamburg für seine genaue und kritische Lektüre der Übersetzung.

Korrektorat: Franziska Schwarzenbach

Satz, Buch- und Umschlaggestaltung: Dario Benassa, purpur, Zürich

Druck: Friedrich Pustet KG, Regensburg

ISBN 978-3-03762-024-3

9 783037 620243 >